# 沿途而过

紫途 著

*Pass by along the Way*

文化发展出版社
Cultural Development Press

·北京·

### 图书在版编目（CIP）数据

沿途而过/紫途著.—北京：文化发展出版社，
2024.9.—ISBN 978-7-5142-4374-1

Ⅰ.I247.5

中国国家版本馆CIP数据核字第2024TT4899号

## 沿途而过

紫 途 著

| 出 版 人：宋　娜 | 策划编辑：孙　烨 |
|---|---|
| 责任编辑：孙　烨 | 责任校对：侯　娜 |
| 责任印制：杨　骏 | 排版设计：辰征·文化 |

出版发行：文化发展出版社（北京市翠微路2号　邮编：100036）
发行电话：010-88275993　010-88275710
网　　址：www.wenhuafazhan.com
经　　销：全国新华书店
印　　刷：鸿博睿特(天津)印刷科技有限公司

开　　本：880mm×1230mm　1/32
字　　数：175千字
印　　张：6
版　　次：2024年9月第1版
印　　次：2024年9月第1次印刷

定　　价：49.80元
ＩＳＢＮ：978-7-5142-4374-1

◆ 如有印装质量问题，请与我社印制部联系。电话：010-88275720

# 前　言 —————————— QIANYAN

　　林安生家三代人身上都具有几个共同特征：胆子小，身体棒，力气出众。又因母亲是聋哑人，林安生不善言谈。林安生家传游走为生的锔匠手艺，行业日渐没落，难以维持生计。方圆百里养不活两个锔匠。林安生成年后独自离开父母谋生，路遇一些人，每个人身后都有各自的一些故事。天津开蕴号的老爷因一桩盗伐皇陵的事急招儿子孙琦宝回家，没想到他这次回家引发了一场内宅之乱。

　　孙琦宝的三太太因名节被诋毁自尽，对于其清白众说纷纭，事件牵连整个孙家内宅声誉。因三太太死前曾打碎一只瓷如意，疑似坏了镇宅风水，大太太高价广招锔匠修补瓷如意却不得合适人选。没落锔匠老林得知消息，觉得儿子林安生或可一试。老林家里传着一些规矩。老林和他的父亲对于家传的规矩虽不明就里，但都尽量循规蹈矩。然而穷苦人真正能在意的规矩首要的就只有一条，糊口谋生。

在老林父亲的身上，家传的行业开始没落，家境困窘。老林的父亲重香火血脉，为延续后人着想，有了孙子之后他选择不用儿子赡养自己，独自离家。

老林同样困窘，同样看重香火血脉的延续，但是与之相比更看重自己的妻子。在儿子成亲和顾全妻子之间，老林一次次偏向妻子一边。机缘之下，天灾之年，老林遇到逃荒卖身女杏儿，收作儿媳。而儿子此时正远走天津，归期不定。

杏儿从小嫁到西九村当了养媳。公婆是勤恳庄户人，精于算计。丈夫李全保天生好生辰，公认命好，机缘之下不仅进了私塾，读书三年又进举去了平河镇。平河镇的苗三姐丧夫，为和夫家同辈争夺家产，在夫家五叔的帮助下开起了妓院，又改成酒楼。开酒楼本是为保全家产，却意外生意大好，又引得夫家人的作梗。李全保和同乡苗三姐的堂弟是好友，二人为三姐的酒楼解围，与泼皮起冲突。李全保得苗三姐信任，常在酒楼帮工，学得手艺秘方。

为避家人催婚，李全保很少回乡。悄悄回乡一次只看望了杏儿，未见爹娘，由此彻底引爆婆媳仇恨，直到李全保死后才有化解。

李全保和苗丛善在县城与官家子弟起冲突，以叛匪之名下狱，将被处决。事后婆婆将自己养老的希望放在了杏儿的身上。邻居家大良求亲，婆婆想招大良上门，大良却执意要挣出彩礼钱，约定三年，到时交彩礼钱娶杏儿。三年后，苗丛善回村。他和李全保在被执行处决前被卖去北方做劳工修路，路修完之后他辗转边门挣了路费立即回村。

　　李全保当初因在工地表现好被长官收为亲兵，赴边境参战整支队伍全军覆没。此时天灾突降，大旱。西九村旱涝保收，然而虽避过天灾却难免人祸。兵乱抢粮，颗粒不留，平河镇乡间无论贫富都沦为逃荒流民。杏儿由此出走逃荒。

　　（全稿未对人物对话添加双引号，旨在保留作者特有的写作风格）

# 目录

引子

| 01 | 风言 | 001 |
| --- | --- | --- |
| 02 | 血脉 | 009 |
| 03 | 命数 | 021 |
| 04 | 色香阁 | 027 |
| 05 | 熏鸡有毒 | 033 |
| 06 | 天灾人祸 | 040 |
| 07 | 运气 | 048 |
| 08 | 陵木 | 062 |
| 09 | 江家寨之劫 | 068 |
| 10 | 哑女林白灵 | 076 |
| 11 | 报应 | 083 |
| 12 | 复仇 | 089 |

# MULU

| 13 | 边门 | 095 |
| --- | --- | --- |
| 14 | 离散 | 101 |
| 15 | 情途末路 | 111 |
| 16 | 结义兄弟 | 118 |
| 17 | 土匪之路 | 126 |
| 18 | 遗情 | 136 |
| 19 | 头牌之劫 | 143 |
| 20 | 白棋花 | 151 |
| 21 | 劫遇 | 158 |
| 22 | 索命 | 166 |
| 23 | 过往 | 172 |
| 24 | 寻找荣福 | 176 |
| 25 | 路过 | 182 |

# 引子

YINZI

  天津开蕴号的老爷因一桩盗伐皇陵的事急招儿子孙琦宝回家，没想到他这次回家引发了一场内宅之乱。孙琦宝的三太太因名节被诋毁自尽，对于其清白众说纷纭，事件牵连整个孙家内宅声誉。因三太太死前曾打碎一只瓷如意，疑似坏了镇宅风水，大太太高价广招锔匠修补瓷如意却不得合适人选。没落锔匠老林得知消息，觉得儿子林安生或可一试。

## 01 风言

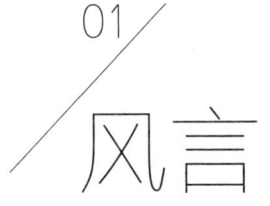

FENGYAN

　　谁都没想到，就因为气头上的那么一句话，一句连捕风捉影都算不上的气话，家里居然起了这么大的风波，三太太那晨竟寻了短见，悄无声息地人就走了。

　　而老三那晨这么一走，连给自己辩白的机会都没了，只能由人猜忌品评，不单给家里留了一堆麻烦，在外又招来一片飞短流长。

　　开蕴号的大少奶奶，也就是孙琦宝的大太太，深感持家不易，自己稍有不慎竟然引出了这么大的乱子。事儿虽然不是直接出在她身上，但也不能说和她一点干系都没有，到如今她自己也算身陷其中了。

　　外面传言孙家那三太太走了这步，其实就是她自己太心虚，其实孙家那些个少奶奶就没一个是本分的，开蕴号的内宅早都已经败透了门风，如今终于是再也包不住了。

　　这样的话既然都已经传进了大太太的耳朵里，那么外面的传言到了什么程度，根本没法想象。这种流言蜚语就如同一道菜，对着人们胃口不断添油加醋进去,这道菜的口味只会越来越重,即便谁都不会真正吃到,却十分招人品嚼。

大太太明白人言可畏的道理,流言固然都是些无凭无据的故事,但这样下去家里的口碑必然是保不住了,而她心里对于自家内宅也开始越来越没了足够的底气。

大太太名叫曾玉,十五岁嫁进孙家,和丈夫孙琦宝同龄。她的丈夫不单是家境好,而且生相俊朗,俊到了所有女人看过一眼就不会忘的地步,单凭相貌就十足讨女人的喜欢。除此之外,她这丈夫的身体极为出众,自从成婚开始几乎每天都能通宵达旦彻夜行欢,并且乐此不疲引以为傲。

一开始的时候,曾玉也感到受用,然而不出半年就有些受不住了,于是就此放开了让丈夫再娶的口子。因此,孙琦宝家中女人多,而且个个都是明媒正娶。

如今孙琦宝上了些年纪,通宵达旦的那身劲头大减,但那份心性却一直还在。不过苦也就苦在了这心性上,心不服老,身体终究是走了下坡,硬撑着也再难撑回当初那身龙精虎猛。而苦在这上面的,除了他自己,还有娶到家里的一众太太们。

孙琦宝前面娶的五个太太都留在老家开蕴号。以往每次探家回来,如果时间长,那就雨露均沾;如果时间短,五位太太之间有了一种默契,大家依次轮流。

默契的时间一久就成了一种规矩,大太太曾玉心里有数,手里把持着这个规矩。每次轮到谁,曾玉就把一份燕窝送到谁的手里,让她亲自炖了给孙琦宝做消夜。

孙琦宝这趟回来的时间短,只有一天。他这时是在外做官,官越做越大,回来的次数就越来越少。

除了在讨女人喜欢方面,孙琦宝从不觉得自己还有什么大本事。这些年官越来越大,家业也越来越大,一步一步连他自己都觉得意外,总结起来他认为没别的原因,就是因为自己运气好。正因如此,他非常相信运势,在外面但凡遇到和招财旺运沾边的物件都想尽办法收敛。

孙琦宝这人做官行事向来不讲底线,搜刮敛财更是没有底线,不过在为人方面他始终恪守两个原则,一是要对自己的父母好,就是要孝顺;二是要对自己的女人好,结成了夫妻就要恩爱。

他这次回家就是受到了老父亲的召唤,老爷子这次是专程派人给他带的口信,没说什么事,只是告诉他赶紧回家一趟。孙琦宝对父亲向来都是言听计从,这时虽然公务缠身,但他立刻放下手头的事就往回赶。

孙琦宝不敢怠慢,一路上最担心的就是父亲身体莫不是出了什么状况。老爷子六十已经过半,身体虽好,但终究是到了风烛之年,难保有个不测。然而老爷子这趟找他所牵扯的事却是大大出乎意料了。

到家发现父亲身体什么事都没有,精气神也很好,孙琦宝这才安下心来。可父亲开口和他说的事却顿时又让他一惊,往下越听越觉得有些不对。

老爷子说京城有个大人物盗伐皇陵,而且采下来的都是成材的古木。木料正分两批运进河北,在河北中转交给下家并运往山东。

老爷子和孙琦宝说:河北和山东,都是你现在统辖的地界,这个事你不能不管。这批陵木你一定要按下,用什么手段你自己有数,总之绝不能旁落。

老爷子又说:京城那大人物你不用担心,货一落地人家肯定有办法撇清干系,他们不会声张也不敢作梗。买家那头绝对是重罪,这种事,沾上就是够砍头的罪名,你给他们定上谋逆灭门也不为过。

孙琦宝听了老爷子的话有些发蒙。这事虽然不小,但睁一只眼闭一只眼也不是不可以。这事要办说来也谈不上难,毕竟过了他的境,即便是有难处,只要父亲交代了,就算是出去打劫他也能干,只是一时有点摸不透老爷子的意图究竟是什么。

要说老爷子是为了用这事给自己邀功,是不可能的,他之前苦等了二十来年也没等来给朝廷尽忠的机会,在家做了半辈子候补,乃至于后来对这方面的事嗤之以鼻不屑一顾。要说他是为了敛财,老爷子也从来没在这方面上过心,家里来钱的门路已经不少,何况这事风险太大。

如果说不是为了邀功也不是图财,那么最大的可能就是老爷子自己看上了人家那些木料。他这父亲他清楚,早年一心当官不惜变卖家传的一些收藏,卖着卖着居然开始痴迷上这些东西,当官的心思也没了,干脆就做起了这门生意。他做这生意也不是为钱,纯粹就是喜欢,后面这半辈子最爱搜罗各种奇技淫巧的物件。

老爷子想要别的物件都好说,可皇家陵木孙琦宝还是知道一些的。虽说也就是些木材,但这里面牵扯到天子气运和皇家龙脉,沾上了就是重罪,至少也是欺君,足够掉脑袋的。要是拿皇家陵木用在修建阳宅或者阴宅上,那绝对就是逆谋天脉其心可诛了,直接相当于谋逆造反。

想到这一层,孙琦宝心里开始暗暗吃惊。如果老爷子真是自己对陵木这种东西动了心思,那这个事可就得好好斟酌斟酌去办了。

孙琦宝本想再摸一摸老爷子的意图,顺便探探他到底是怎么得来这消息的,就在这时内室那边忽然就闹起来了。

孙琦宝这趟回家只住一晚,家里的几个太太也不好开口多留。按照次序这次轮到三太太那晨和他同寝,大太太曾玉也已经把燕窝交到了老三手里。

然而老三这几天刚好身子不方便,按说这份燕窝就该送到老四手上。但是三太太没和人说,她和老五的关系好,还欠着老五一个人情,于是她就收了这燕窝,转手送给了五太太。而老五可能是因为意外得了这么一个惊喜,一时间完全忘了这事还要避嫌。

四太太得知之后立即就不答应了。若是换作旁人,即便心里气不过,大概也难以启齿讨要,而这四太太性子泼辣,根本不顾忌颜面非要讨个公道不可。她不针对老五,脾气全都发在了老三身上。

开始的时候还是老四拉着大太太曾玉在评理，说着说着评理就变成了吵架。一旦到了吵架的地步自然就是对人不对事了，话也逐渐难听了起来。

四太太对老三说：你就是在那些驴马帮套的身上吃饱了，自己吃饱了你就拿这种事出去送人。

就是这样一句话，三太太听来立时如同换了个人一般，骤然拿出了拼命的劲头对老四动了手，吵架瞬间又变成了厮打。孙家人在家向来是极重涵养的，她和老四这一动手，彻底打破了家人间从未起过冲突的先例。

撕扯中，老三那晨顺手抓过一只刚沏过水的茶碗就砸了出去。哪承想，老四一闪身就躲过去了，只淋了一身茶水，而茶碗却落在了她身后摆着的一柄黄釉瓷如意上。茶碗粉碎，瓷如意断成两截。

孙家内宅的摆件个个都大有讲究。他们家开蕴号除了当铺主要做的就是古董字画生意，家里老爷子是真喜欢这些东西，而不是喜欢这门生意。能摆在家中的物件，都是老爷子精心珍藏下来的。这个黄釉瓷如意能摆设在内室厅堂，足见一些分量。

对于打碎了瓷如意的事，孙琦宝是根本没有放在心上。对于这个事老爷子也并没去责怪谁，他看了看如意的断柄，然后摸了摸断面的茬口就又摆了回去，嘴里只说了两个字：能修。

老爷子虽然说了能修，但修起来却实在没那么简单，整个天津城的锔匠居然没有一个能上这个活。不但天津城的人不行，北京那边先后找过来的工匠老爷子也一个都没看上。

眼看着一个个锔匠都接不起这个活，大太太曾玉最先坐不住了。现在不但家里出了乱子，外面也有了风言风语，说他们孙家内宅女眷是出尽了败门风的事，以前那宝贝如意还能镇着，现在是那宝贝也实在镇不住了，所以才断开的。

曾玉多方打听，又托了京城的娘家人，终于请来了一位专门给王爷府做锔补缮金的老先生。然而老人家仔仔细细一番端详却也是摇了头。

那老先生说，这如意是镇内宅的没错，确实有灵气。要接好这档物件可不是光凭手艺的事，要找个正在当年气血两旺的人才行。因为干好这个活要认折五年阳寿进去，自己这把年纪总共还有没有五年的寿路都不好说，只有年纪轻的才未必在乎。

而京城老先生的这番话又一次不胫而走，而且又被添油加醋，孙家内宅的事仿佛是被他这番说辞坐实了一般，在街头巷尾传成了五花八门的故事。

大太太曾玉这时如坐针毡。周边有锔补手艺的人已经几乎来了个遍，眼看着每天上门的人越来越少，大太太再没别的办法，就使人散出消息，重金招揽有锔补手艺的工匠，只要到天津开蕴号登门就必有重酬。

老黄是天津开蕴号的车把式，和东家签了长契的。老黄平时整天和牲口打交道，遇到人就话多，爱唠闲话。

这老黄是做梦也没想到，东家内宅一场风言风语居然把他给扯了进去，他自己忽然间成了四处被人调侃的对象，只因四太太当时污辱三太太的那句话说得真切：你就是在那些驴马帮套的身上吃饱了。

帮套是什么意思大家都懂，那是说自家男人不行了，从外另找到家的姘头，根本就不是字面上拉车的那个帮套。驴马是怎么回事大家也都明白，不过是说起男人那方面腌臜招摇时常用的一个说辞，根本就不是真涉及驴马，也不是说和摆弄驴马的人有什么关系。

虽然大家心里都明白四太太的这个话，而且也没人真信他老黄真能和三太太有什么事，但是调侃起来就是都爱往他身上去扯，毕竟他就是孙家专门和驴马打交道的人，套牲口驾车也最懂得拉帮套。

老黄这人平时话多，但关于内宅这件事他绝口不提，就连赶车都开始小心翼翼。他这趟赶大车从天津去镇江，驾辕的和帮套的都用了骡子。

去往镇江的路上，老黄在大车店里遇到了老林，老林当时正在给店家抢菜刀。

老林给大车店磨刀不收钱，他在店里歇脚也不用花钱。老林抢完菜刀又开始磨店家的铡刀，老黄就想起自己车上也带了铡刀，也该磨磨了，就问老林磨个铡刀多少钱。

老林说：捎带的事，都是一起投店的，不收你钱。

等老林磨完刀，老黄就跟店家要了两碗黄酒。老林也不和他客气，拿出两个自带的粗馍，泡上开水和他在一桌吃了起来。

老黄这时终于打开了话头，和老林说起了天津开蕴号四处找锔匠的事：那瓷如意一断，三少奶奶当场就蔫了，据说晚上就已经有些痴痴癫癫了，不吃不喝，隔天就在房里上吊死了。你说那东西是不是有邪性？三少奶奶走的当天，五少奶奶就来病了，紧跟着二少奶奶也说自己胸口发闷发慌。你说那东西邪不邪？那大少奶奶肯定是要坐不住了。

老林就应和着老黄的话说：如意那东西就是有讲究啊，摆不对都不行，断了肯定不是好兆头。

老黄跟着说：对啊，所以大少奶奶着急找人修补。不过不光整个天津城没人能接上这活，从北京来的也都干不来。

老林：那应该是个精细活。能干好精细活的锔匠现在不好找。

老黄：那肯定是精细了。我们老爷收在家里的物件，样样都有讲究。

老林叹了口气：我们这行就剩下市面上干点粗活的了，现在能干精细活的太少，关键是这种活太少，不是当营生的门路了。现如今就算干粗活也要有贴补才行，所以说十个锔匠，九个磨刀，我这不也是顺带着给人磨个刀，要是没个贴补现在连饭都吃不饱啦。

老黄说：干精细活的也不是没有，京城里还有啊，我以前没想到你们这行里还有这么多门道。后来又从京城请来个老爷子，还是我套车去接来的，说是一个王爷给介绍过来的，专做锔补缮金。那老爷子一看就不是一般人，但是他也没接上这活，说是干这种活要填进去自己五年阳寿，不然修上也没用。年轻人给够了钱可能无所谓，他那把年纪总共能不能再有五年的寿路都不好说。

老林说：他这话可就有点唬人了，怕是他不敢接吧。锔匠这活最讲究眼准手稳，干我们这行上了年纪眼花在先，手颤在后，粗活还能一直凑合干着，太细致了绝对不成。我猜他肯定是带了徒弟，但徒弟还没正式成手。本来应该是想接下来让徒弟替他干，但是搭眼一看就知道徒弟还干不来，自己又不想承认手艺不行了，所以才拿这说辞出来唬人。

老黄听了连连点头：果然是行家啊。你还真说个差不多，确实是跟来了徒弟的，实际也是我们家老爷子没给他干。老爷子好像是说了，手艺都是大差不差的，干这个活关键还要看手法上的门道对不对路。

老林这时好奇地问老黄：那到底是个什么物件啊？

老黄神秘兮兮地说：黄釉瓷如意。我还真见过，亮面暗金色，平时摆在堂屋里的。听说那堂屋里一幅挂画就要值上万银洋，一般伙计平时都不敢进的。你猜我们那大少奶奶后来打算出多少钱锔补这东西？

老林放下酒碗看着老黄。老黄伸出两根指头晃了晃：两千，这是工钱，另外还有赏钱，我们家老爷少爷都不小气，赏钱没准不比工钱少。

老林听了顿时瞪大眼睛一愣。老黄看他那样子有些惋惜地笑着说：要是兄弟你能把这活给接上，那几辈子可就都妥喽，我当介绍人也能拿个赏。

老林从愣愣中回过神，在老黄面前翻了翻自己的一双手，摇了摇头说：我这老手是肯定不行喽，不过我儿子没准还真能试试。

老林又说：不过你们家里出的那些事，光靠我们锔匠的手艺怕是没什么用。

# 02 血脉

XUE MAI

  老林一贯相信血脉里是有传承的，而且他家这支血脉可能比别家还要更特殊一些。他们家上下几代人长得都极为相像，一眼就能看出这是一家人，他爹和他儿子，还有他自己，面相几乎就是同一个模子出来的，就连两边眉梢一高一低都代代不走样。

  除了长相，他们家几代人身上还都有着其他一些相似的地方，比如说胆子小，辈辈人几乎都不敢多走夜路；再比如说身板硬棒，天生就都是一身好力气。

  老林他们家到他爹那就已经是三代单传了，也可能是四代或者五代，总之，据上面人说，他们家往上好几辈全是独苗。

  这话老林他爹酒后和人说过一次，没想到，在外面一经闲人的嘴就变了味儿了。外面人传这家人身板体格壮过了头，全都是属大牲口的，他们犁过一茬的地就没法再出苗了，所以嫁进他们家的女人全都只能生一个。

说他们家人属大牲口这话也并不是全没来由，其实明里就早有这说法，主要是因为他们家人力气大，遇上村里谁家起仓盖房这种事，他们去帮工至少能顶半头毛驴。

然而正是因为这个说法，老林这一家人就不好找媳妇，一提是大牲口家的后生，所有闺女家都摇头。

也正是因为这个说法，如今老林从外面给儿子领回个媳妇就立即招来一片关注。村里那些不安分的后生天天晚上跑到老林家屋外听墙根。老林带回来那女人虽然些许显瘦，但个子高挑，身上十足的女人样，不少人看上一眼就开始估摸，这样个女人，遇上大牲口那等的身板，到了晚上究竟会发出个什么动静来。

结婚过门听墙根这种事在他们那一带并不算稀罕，也不算是多么下作的一个事。不过这次轮到老林他们家上门新媳妇，聚过来的人确实有点多，连外村都有好事的专门过来听热闹。

然而几天下来那屋里却是一点动静也没有，因为老林那儿子一直就没回家。于是就有性子急的耐不住了要问老林：媳妇都领回来了，你儿子到底啥时候回啊？老林这时就会苦笑一下和人说：应该是快了吧。

老林嘴上是这么说，心里却知道根本没那么快，这帮闲瓜蛋子既然好事就让他们干耗着吧。他这趟是派儿子去了天津，这是趟长线，老林现在也每天都掐着手指在算计着日子。

按说媳妇已经领进了自己家，这亲事也就没必要急于一时。但是老林有些急，老林现在算计的是还有多少天儿子年满二十四，因为他们家有个规矩，但凡男丁必须要在二十四岁之前娶媳妇成亲。

老林他们家传下来的规矩有点多，比如说家人必须都要干游走谋生的行当，再比如说同一个地方绝不住三辈，过了三辈人就要搬家。

对于家里传下来的那些规矩，老林是一条也搞不懂，尤其当中关于娶媳妇的这个说法。娶媳妇这事是为个啥老林当然知道，但为啥非要在二十四岁之前，他始终搞不明白。老林曾经问过他爹这是怎么回事，不过他爹明显也不太清楚。

他爹当时和他说：说是咱们家血脉特殊吧，成婚晚了怕是血脉可能留不住，还会折寿，谁知道真不真呢。也可能是怕把人憋坏了吧，咱家人气血盛啊。

老林他爹又说：没准上面憋出过什么不好的事，所以就出了这么一说。就那么憋着任谁不难受，气血越旺越遭罪，早娶媳妇早稳当。

对于他们家传下来的那些规矩，老林他爹以前偶尔就会念叨出其中一两条，然后肯定要补上一句感慨：这就是祖训啊，咱家以前肯定是大户，穷人家谁顾得上那么多规矩，睁开眼就只有糊口谋生这一条算规矩。

嘴上虽然是这么说，但老林和他爹也都觉得不是那么回事。人家大户人家留祖训，要么是劝人积德向善的，要么是提点为人处世的，为的是儿孙后人能守住家业或者飞黄腾达。而他们家传下来的那些规矩，不但怎么听都听不出其中有任何道理，而且条条都牵扯到让后人如何倒霉。就说其中关于成亲的这一条，说家里男丁必须要在二十四岁之前娶媳妇成亲，否则就会绝后，断香火。

就是因为家里传下这么一条谁都搞不清楚缘由的说法，老林他爹非要在老林二十三岁那年给他找上个媳妇。老林他爹是不相信那些说法，但是他爹胆子小，就怕万一会触了里面提到的那种种霉头。

然而他们家人找媳妇向来不易，这可不是说找就能随时找得到的。外面都传这家人是属大牲口的，一般姑娘万万嫁不得。

不过这说法实际上也未必有多少人真信，主要还是他们家日子不好过，而且干的就不是个安稳行当，一年到头有十多个月在外面跑营生，有时甚至几年不回来一次，说是这村里的人，在村里却连处房子都没有。

但说来也是有巧，那年在老浪口摆渡的时候，他们爷俩同船遇到了一个卖鸡汤面的老汉，做的是鸡汤面和鸡丝面，还有现包的鸡汁馄饨。那老汉年纪不小，身边带着一个哑巴闺女，也不知道是女儿还是孙女，看起来大概十八九的样子。

下了摆渡船，老林他爹就在岸边让老汉给做了两碗鸡汤面，闲谈时就问到那闺女多大了。

卖面的老汉说：这也不是我家闺女，是半个月前在回山那边遇到的。也不知道她是没家还是家人给使了主意，当时买了我一碗面，然后就一直跟着我，赶都赶不走。我连她叫啥都不知道，就叫她妞儿，但是她耳朵好像也背，好像听不见。

卖面的老汉见老林他爹对哑巴妞儿好像有点上心，又见他身边带着个儿子，就马上又说：不过这妞儿眼睛里有活儿，手脚也麻利，我这边放下挑子她就知道拨火，客人撂下筷子她就开始拾掇。我看她可怜，又能帮我挑挑子，就让她这么跟着了。我是想让她先学会包馄饨做面条再说，没准以后自己还能当个营生。

一碗面吃下来，老林他爹用手比画着就把娶媳妇的事给儿子定下来了，不但一文钱没花，连吃面的钱都给免了。老汉说什么都不肯收面钱，还额外又下了两碗鸡汁馄饨，说就算是给妞儿当嫁妆了。

老林就这样娶了个哑巴当媳妇，他从来不知道自己媳妇是哪里人，甚至连名字和年纪都不知道，但这照样不耽误两人在一起过了大半辈子，不耽误老林对媳妇好。

老林这辈子大概就只做过一件对不住自己媳妇的事。当年哑巴媳妇嫁给他刚七个月就生了个儿子，老林一气之下把媳妇和孩子带出两百多里地丢在了外面。他原本是想把人再带到那老浪口，但路实在太远，他把他们放在半道就自己回来了。

老林他爹回家知道这事后抬手就抽了他一巴掌，气得跺着脚说：你当年也是七八个月，我也没说不认你啊，你看看咱俩这长相，谁敢说你不是我的种。说着揪着老林的袖子就往外走。

爷俩一路小跑，将近两天一宿才赶回了老林扔媳妇的地方，那地方也算一个渡口，只是平时人不多。

这爷俩估摸着媳妇可能已经去了别处，打算在两岸各自找，然而到了地方却发现那媳妇还在原地眼巴巴地等着呢。估计她是怕自己一动老林回来寻不到她，所以干粮全吃完了也不敢乱走，这些天应该是一直就没动过地方。看样子她可能根本不知道究竟是发生了什么，不明白自己这些天是被老林扔出了家。

哑巴媳妇见老林终于回来了，顿时笑了又哭，哭了又笑，看不出任何嗔怪和委屈，还把怀里的孩子递给老林看。谁也不知道她这些天是怎么过来的，人已经饿得脱了相，腿也开始浮肿了，但孩子却带得好好的，似乎还胖了一圈。

那次老林是背着媳妇回家的，因为她的腿已经饿肿了。老林那时候发过誓，这辈子不能让这媳妇受苦，至少绝对不能让她再饿成这样。这话老林当时没说，说了媳妇也听不见，不过这话在他心里一直都有。

老林得了儿子没过多久，准确地说是他儿子刚满月的时候，他爹就自己走了。他娘走得早，在他心里几乎没留下什么印象；而他爹的样子在他心里也彻底定格在了那一年，准确地说是二十三年前。那时候他爹身体还硬棒，年纪和现在的老林差不多，样貌和他现在也几乎是一模一样。

老林知道他爹这辈子心里苦，而且是越往后越苦。早年他爹凭着家传的手艺和一副挑子，走到哪都能养家糊口，然而等到稍微上了些年纪，这门手艺忽然就不成了，不是说他自己的手艺不行了，而是整个行当的日子眼看着一天不如一天。

老林他爹始终是想不通，养活了几辈子人的手艺，怎么偏偏到了自己这半道成了这种光景，到这年纪想改行都来不及了，不要说自己再续个媳妇，就连吃饱饭都快成了问题。后来他爹经常说：是天荒我们这一行啊，这世道打理精细物件的人家越来越少，洋瓷物件忽然越来越多，往后是更没法干了。

那时候他爹经常自己守上一壶老酒，半宿时间也舍不得抿下去一两口。直到老林娶上那哑巴媳妇他才算得了些舒缓，儿子他算是养成人了，媳妇也娶上了，他这辈人再就没什么大不了的事了。

老林他爹临走前和他留了两个交代：咱家这手艺怕是越来越不好当营生了，我不用你给我养老，你以后不用管我，把孩子带大成人，别让咱家断了后就行。另外，就是咱们祖上给后人定过的那些规矩，临走前我得和你念叨一回，这些话你听不听我不管，但是你要让儿孙把话传下去。我爹当初就是这么和我交代的，所以我也得照着他说的做。

说完这些话，老林他爹挑着自己的担子就走了，那副担子跟了他一辈子，也是他带走的全部家当。一晃二十多年再无音讯。

这些年里老林时常会惦记他爹，不知道他人还在不在，会是走到了哪，上了岁数之后的日子是什么样的光景。每次一想到这老林就不敢再深想了。

如今老林也来到了他爹当年离开他时的那个年纪。好像只是一转眼，他那儿子也到了二十三岁，再没多久就要二十四了。

老林这儿子名叫林安生，这名字还是他爹和他一起取的。当初老林他爹说：在淮安地界生的，就叫林淮生吧。老林说：要是这么起名的话，叫安生也挺好。老林他爹一拍大腿说：对呀，安生好，孩子能安生最好。

林安生从小确实让家里很安生，满月就长开了模样，眉眼也和老林完全就是一个模子出来的。林安生会说话也早，九个月大就开始吐话，这让家人终于又松了口气，孩子不是哑巴，没随他娘。

林安生小的时候早早就会说话，长大一些却又不说了。实际上他也不是得了什么毛病，就是从小多数时间一直都是跟着他娘，没事根本不用说话，有事也是全靠比画。后来这就成了习惯，长大以后也没变过来。

当初老林知道自己这孩子不是哑巴就放心了，至于爱不爱说话一直都没当回事，直到该放他出去走营生的时候才开始发了愁。

从那时候起老林一有空就劝儿子要说说话，不能和谁都靠比画。后来林安生也的确又开始说话了，但毕竟是比画顺手了，只要能比画他就不开口，偶尔张次嘴也就是蹦出几个字。

对于给儿子找媳妇这个事，老林虽然也放在心上，却没像他爹当年那么着急。他爹是一辈子都守着家人传下来的那些规矩，虽然他不知道其中的道理也根本不信，可最后为了传递香火他连自己都顾不上了。到了老林这里，他是也想守规矩，不过就像他爹说过的那句话，穷苦人家从睁开眼就只有糊口谋生这一条算规矩。

不久前老林置办下一间破房子，买房子的钱原本就是打算给儿子娶媳妇用的，然而他那婆娘腿脚开始不中用了，不能再像以前那样跟着自己四处走，年纪大了终究要有个地方给她安家落脚。

老林这大半辈子总共就攒出那么一点积蓄，有买了房子的就没了给儿子找媳妇的。为此老林也着实纠结了一阵子，不过最后还是顾了婆娘这一头。

在儿子成亲的这个事上，老林也不是一点打算都没有。他觉得自己这儿子能不能找到媳妇还是要靠运气，就像自己当年在老浪口遇上哑巴婆娘的那种运气。如果不靠这种运气，就他那个闷葫芦儿子，单凭那点积蓄也不起什么作用。至于这运气什么时候能遇上，老林不太在乎；至于运气来了能遇到个什么样的人，老林没法太在乎。

但是老林万万没想到，就在儿子林安生将满二十四岁这一年，这门运气忽然就来了。可是这档子运气到底能不能接，又接不接得下，着实让他左右为难纠结了好一番。

上一趟从家出来没走多远老林就觉察到了苗头不好，一路上见到的灾民越来越多。据说，西边今年又是大旱，许多地方颗粒无收，而南边又起了兵乱，没过多久老林就嗅出了一场大灾年的气息。

老林这辈子走南闯北赶上的灾年不少，但是像如今这种苗头还真是第一次遇到。

干他们这行不怕天灾，但是怕人祸，天灾又加上人祸就更不用说了。天灾来了大不了换个地方走远点，天下这么大总有不遭灾的地界，但人祸要是一起就不一样了，常常让人没个可安生地方可找。

老林知道，自己这趟买卖肯定是走不下去了，现在就算能挣出几个钱也根本不济事，他这行当灾年挣不出糊口钱。眼下最要紧的是赶紧把所有现钱换成口粮放回家，等后面大批灾民过来的时候，没人知道粮食会涨成什么价，看这情形已经是容不得任何拖延了。

如今老林最后悔的事就是置办了那间破房子。买房几乎花光了他所有的积蓄，现在全家总共就剩下五个银洋，一个给了在外的儿子压身，一个留在家里老婆子那，还有三个贴身缝在自己裤腰上。另外褡裢里还有两个铜圆和几个散铜板，都是这几天刚挣出来的。

靠这些钱，就算全家顿顿喝稀的怕也不好撑过来年换季，所以每盘算一遍老林身上都会冒出一层虚汗来。老林知道自己心慌也不顶用，现在必须赶快把身上所有的钱换成口粮，马上。心里慌，脚上又赶得紧，他这一路后背上一直都是湿的。

明岭镇是当时距离老林身边最近的镇子，他打算到那先把口粮换了。从那里到家还有三四天的路程，但是老林不敢等走到家附近再换粮，这种时候没人知道下一天粮食会变成什么价。

明岭镇不在交通要道，这时过来的灾民还不算多，不过沿街一溜也聚了四五十人。

走到这地界的灾民多数都已经开始要饭了，有的人会开口乞求路人行个好，有些人显然还没适应乞讨要饭的身份，只会扬起手中的碗，用渴求的眼神看着每个路过的人。

灾民到了这个地步除了要饭再就是卖身，因为讨饭过得了夏，过得去秋，却熬不过冬和春。多数人家都会先卖儿女，再卖婆娘，这也未必是图钱，主要是为了给他们找个着落。剩下顶门户的也就没了负累，只要给口吃的就能签份长契，算是把自己也卖了，要是实在没出路的话，只要不饿死，后面可能什么勾当都会干。到最后真正沦为乞丐的多是些老弱，这些人可就不知道有多少还能挺过来年开春了。

老林平常是最见不得这种场景的，尤其是那些晚景无依的人，偶尔他也会舍上一两个铜板。不过这时他满心都是粮价，见到这些灾民心里不免更焦虑了。老林在街口匆匆瞥了一眼就要往镇里走，然而就是这么一眼，却让他迟迟迈不动步了。

那些灾民当中站着一个大妮子，手里捏着一截蒿草，她低垂着头把那根蒿草捻了几下又插回衣领边。

插草卖物件的意思是便宜贱卖，要么平价，要么折本。插草卖人大概也差不多，只是另外还有些讲究。

如果身上插三根草，说明这肯定不会太便宜。插三根草一般不常见，因为能卖上高价的人通常都有些长处，或是自身条件好或是身上有手艺，这种情况多数就不插草了，而是会摆上个牌子标出价格，或者在身前铺张纸，写上卖身的缘由。要是插了三根草就意味着不便亮价，或者有附加的条件不便明说，买家搭上眼还要细谈。

身上插两根草的比较常见，代表这是正常平卖，卖家不那么急，心里也有开价，不过不会太高，主顾还可以还价。

如果身上只插一根草，就表示这是贱卖，价格由买家看着出，卖家甚至不会还价。通常这都是遇到难处了要急卖，只求快点给人找个管吃管住的地方。

这妮子的身上就是一根草。她站在街边垂头只看自己的脚尖，一直没抬头，所以老林也看不清长相，但这妮子有个好身段，个子高挑。

老林见到这妮子就好像是中了邪一般，停在街口越看越觉得顺眼。老林这人相信血脉里有传承，他娘个子矮，他自己就比一般人矬一大截；他自己娶了个哑巴媳妇，他那儿子就是个闷葫芦。

正是因为信血脉，眼前这个女人正是老林平时最中意的那种。相貌是什么样他从来也不在意，单是这身子在他看来就已经足够好了。

一个典型的庄稼汉盘腿坐在妮子旁边，他似乎捕捉到了老林投来的目光，也向这边打量过来。老林不敢和他对视，连忙看向别处，却又忍不住飘忽着再瞄过去几眼。

自己身上这些钱，买人应该是足够了。

老林自己都惊讶心里怎么会冒出买人这念头。他现在这营生，能挣出温饱就已经不错了，要是能剩下个把铜圆就算丰年了。换作以往，买这么个妮子的事他可是连想都不敢去想。

只不过现如今情况不一样了，遇到大灾年每张嘴都是个拖累，人也最不值钱，所以他脑子里才忽然冒出来这种念头。可即便是买人的钱够，也不容他动这想法，人买到家就多出一张嘴，一家人的口粮可就更没着落了。

老林自然知道这个道理，但心里却就是放不下。他就这样僵在原地，想走又迈不动步子，想上去开口又实在不敢，左右盘算，左右为难。

老林心想：要不是赶上这等年景，这么端正的妮子是连想都不敢去想的。如果错过眼下这机会，自己那儿子想找个健全的媳妇都难，找不找得到媳妇都不好说。

然而遇上这种大灾年，饿死整户人家的事可是一点都不少见，他现在这点钱已经难保自家饥荒了，更不要说给家里再添一口子。

可转念再一想：万一要是他那闷葫芦儿子到最后也娶不上个媳妇，他们家终究是落个绝户断后，这和饿死全家也不过是早晚的区别。

不过一想到一家人挨饿，老林紧接着想到的就是自己那哑巴婆娘，心里立刻就不忍了起来。

自己那婆娘不会说话，大半辈子跟他过的都是穷苦日子，谁也不知道她究竟咽下过多少委屈，但哑巴婆娘只要见到自己从来都是一脸欢快的模样。让婆娘跟自己享福可能这辈子都做不到了，但是也绝对不能让她挨饿。哑巴婆娘的幸福可能就这么简单了，只要跟着他不受冻不挨饿就成，而这也是老林最后的底线。老林觉得他这辈子只要保住这寒酸的底线，应该就能保住婆娘脸上那份欢快。

想到这一层，老林知道自己也不用再犹豫了，这才终于收回了目光，掂了掂肩上的担子径直走向镇里。

粮价果然是见涨，而且看来已经到了一时一个价的地步，有些米铺干脆收上门板把生意停了。

老林挑着他的担子在明岭镇里兜了两圈，把银洋都换成了最糙的口粮，然而两个粮袋子还是比他之前想的瘪了太多。

不过老林这时却不心慌了。他的心里装着一句话，人这一辈子最大的坎又能有多大呢，提前担心什么也都是自己在心里折腾自己，只有走了一步才能知道一步。这是一句安心咒，从他爹那传到了他这。

老林这时又在心里念叨过了他的这句安心咒。现在这点口粮，有了自己婆娘的就不够自己儿子的，左右是不够全家人吃到来年换季的，左右也是顾不上两头了，那就往下走着看吧。

再次走到明岭镇头的街口，老林远远就看见那个妮子还没被人领走，还是低着头在那站着。老林经过她身前的时候，盘坐在她旁边的那老汉的目光又落在了他身上，也落在了他挑子里的粮袋子上。

这闺女。两个铜圆？走过老汉面前那一刻，老林也不知道自己是怎么就开了口。

两个铜圆确实有点寒碜，比施舍乞讨的钱多不了多少，所以老林开这口有点心虚，所以他没多说一个字，甚至连脚步都好像没有真正要停下来的意思。

一旁这个老汉肯定是个常年摆弄庄稼的人，老林常年走江湖，会识身份辨脸色。这人仰头看着老林，明显是愣了一下有些错愕，一时没搭话，随即是满脸的纠结。老林不由得屏住一口气。

不……庄稼汉开口只蹦出这一个字就结巴住了。老林听了似乎瞬间有种解脱的感觉，抬腿就要继续走。但是老林还没迈出脚，这汉子嘴里又蹦出来一个字：中！

只见这人还是一脸纠结，老林也不知他到底是想说"中"还是"不中"。

中！不是……庄稼汉这次开口果断，还站起了身。不过话没说全就又结巴住了，好像咽了口唾沫，挥手指了指旁边的妮子继续道：不是闺女，是媳妇，叫杏儿，她……

老林听出来了这老汉是结巴，他的话要等着听。这时旁边的妮子忽然开口接过话茬：我不是闺女了，是媳妇，但没圆过房。

## 03 命数

MINGSHU

  杏儿许过人家嫁过人，但一直都还没真正有过一个男人。她觉得自己命里当是不缺和男人的情分，但却差着一层缘分，就是摩擦碰撞交融血脉那层最要紧的缘分。

  杏儿从不大的时候就开始盼着这层缘分，她盼着缘分能落地开花，抽穗结果。不过大概是命中注定，一次又一次，哪怕几乎是已经近在咫尺，最后却总是让她落得一场空。杏儿是早早就信命的，从嫁到西九村的第一天起，她就开始相信人和人的命数是大有差别的。

  杏儿的丈夫名叫李全保，李全保和苗丛善是西九村两个最出名的后生。苗丛善出名，那是因为他爹是西九村最大的地主。而李全保出名，就是因为他天生命好。

  杏儿那丈夫是天生自带的生辰好。杏儿一直记得，她嫁进夫家那天正好赶上家里请了先生给她丈夫起名字，所以家里买了一块豆腐。杏儿以前从来没吃过豆腐，虽然那次她也没吃到，但当时觉得自己是嫁进了好人家，她也因此一直记着那个老先生。

当初起名测字的那位老先生掐指算过之后顿时一脸惊讶，搞得李家夫妇，也就是杏儿的公婆都跟着紧张起来。

那老先生下巴上有一撮山羊胡，杏儿记得老先生抖着山羊胡开口说：这生辰少见啊！他这五行是全的！金木水火土，一样不缺。他这样的命数，阴阳平衡，无坎无波。

这先生是从邻村请过来的，平时的主业是算命，起名字只是顺带的营生，这时顺口又说起了命数。

李家这夫妇俩都是大字不识一个，老先生看这家人好像根本没听懂的样子，又说：得恭喜你们家，这孩子可不是一般人。是人命里都有坎儿，但是没有他过不去的，以后干什么事都能顺，跟什么人都能合。我测字起名这么多年，这是我遇到的第二个。

李家两口子这才算听明白，马上面露喜色。

老先生继续说：他五行是全的，这个实在难得啊，所以这个"全"字一定要用上。另外再配一个字也容易，你们要是想孩子以后能有富贵就叫李全贵，想他有出息就叫李全第，"贵第安运，福禄寿喜"，给他用上都是好名字，你们自己给孩子挑一个？

不知是又没听懂还是拿不定主意，李家夫妇一时又都没说话，过了一会儿还是杏儿的婆婆开了口：我想让孩子能孝敬我们，等以后老了能让我们得济就行。

杏儿的公公和熟人话不少，但一遇到生人就会结巴，公公这时也跟着应了声：中。

老先生闭眼沉思了一下，骤然点着头说：如此说来就取个"保"字。

"保"字好啊，水木相济，在外能出头，在内能持家。一般人未必能用，但是你家这孩子行，就叫李全保吧。

三周岁生日那天，李全保就有了这个大名，整个西九村的人都知道老李家那孩子五行是全的，据说，这样的人非常少见，天生命好。而这李全保后来在村里也是公认的命好，得了名字的第一天就进门了一个水灵灵的小媳妇，也就是杏儿。

杏儿嫁到西九村的时候是九岁，她的丈夫李全保那时正在断奶，这在当地被称为养媳。能给孩子娶养媳的人家一般不会太穷，但也不会是富户。穷人家很难多养一张嘴，富户不会给自家孩子找个大太多的当媳妇。

按照那一带的习俗，杏儿要先照顾自己的男人长大，要等到李全保到了十四岁以后再一起圆房成家，也就是说她至少还要等上十一年。然而就在杏儿苦等到第十个年头的时候，李全保忽然又进了举。

这李全保果然是命好。在他们西九村，不要说是举人，就算是秀才都没出过一个。当初李全保进私塾已经是一件稀罕事，在他们那个村子，多少年来除了大户苗家还没有哪家孩子进过私塾，李全保算是第一个。

杏儿的公婆都是地道庄户人，公公老李干活肯吃辛苦，婆婆叫玉贞，不但能吃辛苦，还会算计，早早给儿子娶个媳妇就是玉贞的算计。

老李其实并不想给孩子找个年纪大那么多的媳妇，但是玉贞有自己的心思，她不想耽误自己下地干活，找个这样的养媳家里立时就能多个带娃的帮手，日后不但能省下一份彩礼钱，而且还能尽早要上孙子。这就是玉贞自己常说的先见，她在家经常说要走一步看两步。

而李全保进私塾这件事，和娶到家这个媳妇多少还有点关系。杏儿长得快，十二三岁个子就起来了，又过一两年身子也饱满了。婆婆玉贞看着杏儿这身子，总觉得不让她下地干活可惜了。谁知杏儿干起农活比一般人还麻利，家里多出这么一把手就能多种一块地，正是盘算着能多出来一份收成，玉贞才有了送李全保进私塾的想法。

对于进私塾这件事，杏儿是最不想让李全保去的。李全保要是一走，她就要整天都跟着公婆下地干活了。跟着婆婆干活就是受罪，婆婆玉贞自己是个干活的好手，她对别人的要求也就多，而且嘴还刻薄，在她身边干活杏儿时刻不敢怠慢，即便如此也还是常被挑毛病。

对于进私塾这事，杏儿的公公老李也并不赞成，他觉得庄户人家哪能供得起个读书人。但是玉贞坚持，她有自己的算计。孩子当时到了十岁，让他下地干活太早，每天守着媳妇也生不出个娃来，没准还耽误了长身子，待在家就只能整天淘气。这个时候正好送孩子去读几年书，不图他读出什么名堂，只要能识文断字，以后这辈子在村里都会被人高看一眼。

玉贞平时舍不得动钱，多了她也确实舍不得，但是全家嘴上紧紧，再加上多出杏儿这份劳力，供孩子读上三年还不成问题。三年之后到地里再摔打些时日，刚好就到了让他成家的年纪。

然而谁都没料到，仅仅三年的私塾，这李全保就读出了名堂。

听说李全保进了举的时候，他爹老李和他娘玉贞顿时都蒙了，半晌都没反应过来，根本不相信自己的耳朵。但这消息是苗家大老爷亲自带过来的，又不由得他们不信。

苗家大老爷是西九村一带最大的地主，周边人见了都要喊一声东家，老李也是种着人家的地。见东家大老爷忽然上门，老李赶紧恭敬地站到身前打招呼：东家来了。

苗家大老爷平时在村里不怎么爱笑，话也不多，但这时笑着对老李说：你家全保要进新学堂了，以后就要到镇上去读书了。

李全保这时刚读完三年私塾，他们家也只打算供这三年，当时准备着让他先干两年农活，然后赶快和杏儿圆房生娃。杏儿早就正当年了，玉贞也已经开始盼着早点要孙子了。

　　老李没弄明白东家是什么意思，心想也没打算供孩子继续读书啊，有些结巴着说：孩子能认几个字就行了，再读也没啥用，我也供不动啊。我是打算带他在地里先干两年，来年年底赶紧和杏儿把事办了，都这么大了。

　　苗家大老爷早知道他们家是这个打算，也知道这老李在家不做主，看了眼玉贞说：还种什么地啊，杏儿早就是你们家媳妇，放在家里还能飞了？我告诉你吧，你家全保现在是进了举啦，举人你知道吧？以后读书一文钱都不用你出，人家还能拿俸禄。

　　这一年，新学办到了平河镇，苗家大老爷所说的新学堂就是新学的学堂。

　　按照办学的规矩，只要以前读过三年私塾的孩子都可以报名进新学堂，不但免费还包吃包住，另外还会发一些日常用度的薪水。

　　乡里人当时大多还不清楚新学到底是怎么回事，只知道这是总督奉了命在招人办学。听说进了总督办的学堂立刻就可以拿到官家俸禄，以后还有机会进衙门任职当差，许多人就觉得进了新学应该是和过去的举人差不多了，至少也顶一个秀才，而秀才也不是个个都有俸禄的。

　　于是乡里的富家大户们纷纷找门路，都想要送自家子弟进新学堂，原本免费的学堂，仅是入学名额就在暗中被抬得老高。

　　李全保他们家根本不知道有这个事，就算知道也轮不上他们这样的人家。而苗家是西九村最大的地主，在左右乡里都是数得上的大户，苗家自然也要托人送孩子进新学堂。

　　可苗家大老爷的儿子苗丛善却是说什么也不肯去。苗丛善原本就不爱读书，更不愿意去个人生地不熟的地方继续读书。劝到最后苗丛善提了个要求：除非让李全保也和我一起，否则坚决不去。

李全保比苗丛善小三个月，当中跨了一个大年，不是一个属相。俩人在村里是从小能玩到一起的一茬孩子，而杏儿算是他们当中的孩子头儿，时常带着一大群孩子挖虫扣鸟下河摸鱼。后来长大一点两人开始一起去邻村上私塾，西九村进私塾的就只有他们俩。

　　苗丛善和李全保关系好，两人从小在一起，到了外面上学几乎形影不离无话不说。有一次李全保和苗丛善说：以后我要是娶了你家三姐怎么样？

　　苗丛善说：那我就娶你们家的杏儿了。

## 04 / 色香阁

SEXIANGGE

苗丛善有个三姐名叫苗善芸，是他二叔家的堂姐。苗善芸十五岁嫁去了平河镇，夫家姓顾，在当地经营着不少产业，镇上最大的酒馆平河楼就是他们家的产业之一。

溯着平河向上数，河西边第九个村子就是李全保和苗丛善住的西九村，再往北就是一片大山了。西九村这地方不穷，向来都是风调雨顺，但是地处偏僻，村里人除了种地基本不干别的营生，因此这里的人在外面有个称号叫"土老九"。

土老九其实也算不得什么贬低人的称呼，调侃起来也不过是说西九村那边的人有点老实有点憨，除了种地和生娃就没别的心思。

但是从苗家出来的苗善芸，却彻底改变了人们对土老九的这种印象。

苗善芸的丈夫在家排行老四，顾家老四性子温润，平时什么营生都不干，就爱喝酒，他的知交都是酒友。但是顾老四不贪色也不沾赌，算不得败家，这辈子就算什么都不做，守着分到的家产也足够他用了。

不过顾老四有个习惯，喝酒经常到妓院里去摆席，因此在镇上名声不算太好。哪家婆娘要是听说自己男人要跟顾老四一起喝酒肯定摇头。

苗善芸嫁给顾家老四隔年生了个闺女，第三年就成了寡妇。顾老四有一次喝醉了酒，从妓院的花船上掉进平河里淹死了。

苗善芸这时既年轻又有些容貌，夫家叔伯们担心她以后改嫁带走家产，几家人合起来就强行分了她的家。

公公顾老爷对这事也不过问，算是默许了。因此顾家这些人也没了顾忌，最后连宅子都没给苗善芸留，只在镇子边上弄了个小院儿给这母女俩住。

苗善芸的娘家在西九村也算是大户，来人打算把女儿接回去。但是苗善芸却说：我没事，也在镇里住惯了，不回。

隔天苗善芸就在自家的小院外挂起了一块牌匾，上面是"香色阁"三个大字，公然开上了一家妓院。

"香色阁"这块匾是苗善芸丈夫的五叔亲手给题的，开妓院的主意也是这五叔给出的。五叔在镇上人称顾五爷，顾老四和顾五爷关系好，两人都有个共同的爱好，就是喝酒。

苗善芸的丈夫顾老四是只贪杯，不贪色。顾五爷除了好喝酒还出了名地好色，而且还是偏好，他不娶妻不收妾也不偷人，单好一个嫖字，唯独妓女堆里才有他的真畅快。

顾五爷曾经说过，世上就不该有贞节这种卑劣龌龊的东西，把这东西和德行、节操牵扯到一起就更是唬人了。讲贞节也不是不行，但先要看看自己的真性情，只有守着自己真性情的人才配谈节操。

年轻时这位五爷曾是个浪子，也是个大才子。据说他十五岁参加院试就考中了秀才，不但考中了秀才，还被选为贡生，当时在平河镇一举成名。

贡生是各地精心选拔进贡给天子皇帝的人才，因此必须要聪慧过人品学兼优，还要送到京城的国子监读书，放在天子脚下的最高学府培养。

不过顾五爷当时刚到国子监还没入学就被退了回来，原因是失德。失德的也不是他本人，而是家里出了有伤风化的事。

顾五爷的母亲是外宅，他的父亲之前已经收过两房小妾，收进家里也没遇什么波折，可是到了他母亲的时候大太太却说什么都不肯让她进门。大太太说这就是个妓女，绝对不能让这种人坏了家里门风。

实际上顾五爷的母亲根本不是什么妓女，人家就是从小在戏班里学唱戏的，当时是刚出徒，已经崭露头角但还没有成角儿。不过那大太太非要这么说，说戏子就是妓女，都是一样会败门风。

顾五爷的父亲怎么解释都没用，无奈之下只好在外寻了一处宅院把人暂时安置下来，没想到母子俩在那院子里一过就是十多年。十多年后直到她那儿子争气成了贡生才被正式接进了家门。

顾五爷的母亲进了顾家果然没让那位大太太失望，没过多久就坏了家里门风。和她有染的也不是外人，正是那大太太的大儿子，而这个事很快就满城风雨传遍平河。

就是受了这个事的牵连顾五爷被退了学。他离开京城也没回家，在外浪荡了十几年。没人知道他这些年都做了些什么，他孑然一身地回来后已不再读书，不过琴棋书画这些才艺样样精通，尤其是书法和棋技很快远近闻名。他此后也不成家，整天就混迹在镇上那些家妓院里，成了顾家后人当中最大的败家子。

五爷洒脱倜傥，又有琴棋书画才艺傍身，那些年常常自比柳永。但是柳永有妓女供养着，他却不吝把钱用在烟花女子身上，早早就把自己分到的那点家产用了个光。

顾老四经常去妓院其实就是因为他这个五叔。两人交好投缘，顾五爷喜欢妓院，顾老四就经常陪着他去那摆酒。顾五爷家底败得差不多了，每次出去喝酒就都是顾老四出钱。顾老四最后掉进平河的那次，就是和他这五叔一起喝的酒。

顾五爷这次不但出手给苗善芸提了"香色阁"这块匾，还在一旁署上了自己的名字：顾顺同。

牌匾挂在苗善芸小院的院门上，用一块红布半遮着，顾顺同的名字就露在红布的下面。

顾家是好几代人同在这镇上，祖辈干的都是正经行当。现在弟弟和儿媳居然开起了妓院，顾家大老爷这时再也坐不住了，他拿自己那个五弟是没有任何办法，就直接来找苗善芸问她到底想要怎样。

苗善芸话也直接：我也不想真干这个，但凡那些叔伯给我留条后路也不至于这样。田产我可以都不要，但家里的宅子和铺面都要还我。如果老四还在的话，那些铺面早晚都会被他卖了，你们顾家本来就留不住。我能保证不卖，以后给闺女当嫁妆。我以后找不找人我不保证，但我能保证不外嫁，找人只招上门。

宅子和铺面如此又回到了苗善芸的手上，隔天铺面上又挂起了一块新匾"色香阁"。这次是开起了酒馆，酒馆取这名字就是为了提醒顾家那些人，以后不要再打她家产的主意，否则牌匾上那两个字随时都可能再调换一下位置。

酒馆的牌匾还是五爷顾顺同那挥洒的大字，酒馆的菜谱也是顾五爷亲手写的，还有菜品的秘方都是顾五爷给出的。

苗善芸原本没打算从这酒馆上挣出多少钱，然而她自己也没想到，这买卖居然很快在平河一带干出了大名堂。

她这酒馆还没开业的时候名头就已经传开了，一开张立时生意兴隆。有的人是好奇，这个妓院改成的酒馆到底有没有什么特别的名堂。也有不少人就是想来看看这个差点儿开上"窑子"的女老板到底是个什么样儿。

酒馆平时只供四荤四素八道菜，外加一羹、一汤，放到一起顾顾同给取了个名字叫作"十全美宴"，一桌"十全美宴"就是色香阁最大的席面。

正是因为菜不多，食材不杂，道道都做成了招牌。其中平河熏鸡更成了远近闻名的一道招牌菜。

平河镇原本是平河边上第五个村子，早先叫作五镇。这里河面水稳，最先有了渡口，后来又建了码头，随之沿河开起了各式货栈商号、酒家茶馆，继而歌舞升平，成了平河一带最热闹的镇子，名字也被叫成了平河镇。

色香阁的平河熏鸡不但味道好，而且经过特殊熏制之后还不易变质，放上几天也不走味。平河镇这地方水陆交汇，东西有赶路的到这要站脚，南北有跑船的在这要装卸。路过的人多会包上一只熏鸡带到路上慢慢吃，或者带回去给家里人。就算手上不甚宽裕的劳力们也可以打包上一份鸡杂下酒。

当初顾五爷传苗善芸熏鸡秘方的时候就说过，这是他在辽西游历时偶遇的一道大菜，据说秘方出自总督府，轻易不外传。当年他是一遇上就用了心，特意想了不少办法才讨来这方子。这东西最适合在平河镇这样交通中转的地方做，容易成招牌。

果然没过多久，这平河熏鸡的名声就顺着码头不胫而走，后来更是成了平河镇的招牌。

不过苗善芸这生意却也不是一帆风顺。顾家在镇上也开酒楼，又是坐地户，家产这时虽然没人再觊觎了，但看这边生意有了起色就有人故意给她添乱。

捣乱无非也就是找些镇上的泼皮无赖去吃个霸王餐或者戏弄一下伙计，并不会太过分。但这却搞得店里的伙计和掌柜接连走了好几茬，苗善芸加了几波工钱才算稳住阵脚。

这天又有一桌泼皮进店，苗善芸看了就隐约猜到来的可能不是善茬。

果然当中一人开口对伙计说：你们这什么样的鸡好啊？问问你们老板娘，鸡是大一点的好还是小一点的好？说完这话一桌人就使劲地哄笑。

然而他们都没注意到，今天店里坐着两个后生，二人听了这话正火冒三丈地瞪着他们。

## 05 熏鸡有毒

XUNJI YOUDU

苗丛善和李全保自从到了平河镇之后就彻底没心思读书了。苗丛善他爹是西九村最大的地主,堪称土老九的首富,他来到平河镇终于是找到了花钱的好地方。

这两人在学堂里很快就结交了四方乡里一群志同道合的同窗好友,最大的爱好就是聚上这些好友出来四处花钱。

新学堂里的学生分成两种,一种是家在镇里的坐地户,另外一种就是周边乡里的外来户。

坐地户的学生当中什么成色的人都有,而外来户这些学生的家里基本像苗丛善那样,全是各方的地主大户,当然其中唯独除了李全保。

李全保虽然没钱,但在学堂的人缘一点不差。他一到了平河镇就爱上了听书,只要有空就拉着苗丛善往茶馆跑,在茶馆里听完了还不过瘾,最大的爱好就是回到学堂再给大家一遍遍讲。李全保再一讲起来的时候,许多情节就都由着他自己去发挥了。

比如说李全保刚刚在茶馆里听了《鲁提辖拳打镇关西》的段子，回到学堂再讲他就可能随意插上那么一段。

其实那鲁提辖在潘家酒楼听完卖唱女子金翠莲的话就发现了破绽，已经猜到这人不似良家。至于他如何听出其中的破绽，又为何还要找上镇关西替这女子出头，这些在书中前后都有暗表。

李全保喜欢的就是这种凭空发挥驾驭情节的感受，他这么一发挥就不知道会扯出多远，但是不管扯出多远，里面还都应这说书那些杝梁扣结的门道。因此学堂里这些人就算之前和他一起在茶馆里听过一遍，之后也还爱让他再讲。

李全保最爱去的地方除了茶馆就是色香阁，他和苗丛善都爱吃那的熏鸡。苗丛善到了自家三姐的店里自然不客气，但是李全保却不好整天跟着去白吃，所以他每次去都主动帮着干些活。李全保能说会道，手脚也麻利，堂上堂下的活都能帮上忙。

这天中午苗丛善和李全保又到色香阁吃饭，打算吃完饭先去看戏，看完戏再去听书。

但这二人还没开始吃就听邻桌一伙人对伙计说：你们这什么样的鸡好啊，问问你们老板娘，鸡是大点儿的好还是小点儿的好？说完一桌人就使劲哄笑。

苗善芸当时就在柜上，听到这话顿时脸上一红。这几个泼皮她都知道，明显又是来故意给她添堵的，应该又是顾家那些叔伯招呼的。

伙计在那赔着笑没说话，那桌人又说：叫你们老板娘来陪我们喝点，我们自己问她。

伙计苦笑着说：我们老板不喝酒。

那桌又有人扯着嗓子说：你去问问啊，先问问她，不让她白陪。你再问问她现在还陪人睡觉不，她以前不是干过这个嘛，有钱不挣白不挣啊。一桌人又都跟着使劲哄笑起来。

这些话苗善芸在一旁都听得一清二楚，显然那些人就故意说给她听的，心中不免又羞又怒。

苗丛善和李全保早就听说常有人来店里闹事，这次亲自遇到了哪还能忍。李全保站起来指着那人喝道：我先问问你妈有钱挣不挣，你快……

李全保这边刚开口还没说完，苗丛善直接就动上手了。他可能忘了这是自家的买卖，过去就要掀人桌子，李全保赶紧上去帮忙。

苗丛善和李全保年纪不大，但块头都不小，不过他们俩终究不是那些泼皮无赖的对手。两人吃了亏转身就跑回学堂去拉人，不一会儿带着十几个同窗好友气势汹汹地又杀了回来。

但是泼皮混混们也拉了人手，而他们这边毕竟都是些半大书生，这次动起手又吃了亏，有两个人挂了彩。

泼皮混混们不知道，学堂里那些个外来户个个都有来头，全是周边乡里大户人家的少爷子弟，挨了他们的打哪个都不可能善罢甘休。其中有个叫黄逸生的刚才挂了些彩，还没等苗丛善和李全保说话，他就先开口了：咱们可不能被人这么给欺负住了，不然以后我们全家在镇里都抬不起头，这账必须马上讨回来。简单商量了一下，这些人立即各自回乡搬兵。

李全保回西九村找了五六个和他年纪相仿的伙伴，想了想又去找了他家隔壁的大良哥。

大良比李全保大六岁，和杏儿是同岁，村里二十出头那茬小伙子当中数他体格最棒，人缘也最好。大良听说李全保和苗家少东家在外面被人欺负了，马上招呼来了十几个棒小伙子。

这时苗丛善也从家里出来了，他没敢太过声张，从自己家和几个叔叔家里叫了些家丁。两边加在一起总共四十多人，浩浩荡荡奔向了平河镇。

再回到平河镇的时候，那些个同窗们居然已经聚起了两百多号人，那声势就算十里八乡的民团也赶不上，西九村离镇上距离最远，他俩也是最后回来的。苗丛善和李全保二话不说，和大家汇合到一起，立即提着棍棒挨家去找那几个泼皮算账。

因为他们之前挨了打，不但心里憋屈，还有理在先，所以动起手来毫不客气。找到人围起来就打，跪地求饶都不罢手。找不到人就上门拆家，甚至和那伙泼皮平日走得略近的一些人也全都跟着遭了殃。其中黄逸生带过来的那些人下手最狠，有好几个是带着火铳来的，他们东家交代过，就算把欺负少爷的那帮混混打死也有他兜着。

最后这两百多人又聚到了顾家的酒楼前，人聚多了就都不怕事，而且难免有管不住的，差点儿一把火把顾家的平河楼给烧了。实际上也是真有人点了把火，只不过是没烧起来。

这些富家子弟们打了人还有平事的本事，哪家都有些背景，打个混混大不了也就是出些钱。不过这次打人之前他们就商量好了，这次打人必须白打，谁家也不能赔钱。使钱也不是不可以，使到衙门、使给堂口都行，就是绝对不能给到挨打那些人手里，必须让他们知道什么叫不好惹。苗丛善还给他们挨个留了话，想要药费去找顾家的人要。

这么一场大闹，顾家那些捣事的人也有些蒙了，一时间根本搞不明白苗善芸是怎么忽然间就招出了这么多人来，就算镇里镇外最大那两家堂口都未必做得到。

因为事是从色香阁闹出来的，苗善芸随之也跟着出了名，她在镇上有了个新名号叫苗三姐。镇上就有人说这色香阁是土老九们新立起来的堂口，在外那些土老九们抱团了。

从这以后苗丛善和他的那些同窗好友都成了色香阁的常客，李全保去得更多，他去了不仅是吃喝，还里外帮着忙活。

而苗善芸这店里也确实缺人，她自己时常都要搭把手，尤其她这熏鸡用的还是秘方，关键的地方就在于最后熏这一道，火候和时间都有讲究，用料更不能让外人知道。因此最后熏制这一道苗善芸必须亲自动手，这里面的配料她连弟弟苗丛善都不告诉。

但是苗善芸却没把李全保当外人，熏制全鸡和鸡杂时不但让他给自己当帮手，还把白糖和香料的配比一五一十全告诉了李全保。从此李全保每天一到熏鸡的时间就去帮三姐干活，宁可旷课也不误工。

杏儿的婆婆玉贞这辈子最恨的女人有两个。排在头一号的，就是从苗家出去的那个苗三姐；排在第二号的，是她家里的媳妇杏儿。

玉贞精于算计，当初早早给儿子娶养媳就是她的主意，不但日后能省下一份彩礼钱，当下还能有人帮她照顾孩子，不用耽误了自己下地干活。

杏儿进了李家总共也没过上两年安生日子，只因为她长得太快，不到两年时间就成了大姑娘，不但个子高，女人该有的身段她早早就都有了。而她那丈夫又太小，李全保当时还不到六岁，婆婆玉贞就开始操心，怕这媳妇等上这么多年守不住本分。

有一次给李全保穿裤子的时候他不太听话，杏儿就调皮了一下，用手指弹了全保的小鸡。婆婆看到就断定说：这丫头人已经不安分了。以后只要杏儿和别的男人多说句话都要遭到婆婆的猜忌和数落。

从那时起杏儿在婆婆面前就总是小心翼翼、战战兢兢，然而婆婆和她的嫌隙还是越来越大。而后来玉贞彻底把她视作冤家仇敌却是由一只熏鸡而起。

李全保去新学堂读了有一年多，玉贞就开始着急。她是想早点要孙子的，读书也不该耽误了成亲生娃。但是李全保回家的次数越来越少，玉贞和儿子说了几次，结果李全保干脆彻底不回来了。

玉贞管不住李全保，她在家里责怪不上自己儿子就一直数落杏儿。玉贞说她到了该招男人的时候反而没本事了，说她不该鼓的地方成天胀得老高，该鼓的肚子一直鼓不起来；又说她白吃了家里这么多年的米，正当年的小伙子都笼络不住。

有一天玉贞又絮叨个没完，还是说些杏儿笼不住男人的气话。杏儿这天一赌气就出门奔了平河镇。不过走到半路她就有点后悔了，她只知道沿着河道走就能到镇上，但是没想到路会这么远，但也只能硬着头皮继续走下去。

到了镇上杏儿没去学堂找李全保，而是直接打听去了色香阁。家里也听说他和苗丛善都经常待在苗善芸开的酒馆里，有人说李全保现在都快成半个掌柜了。

杏儿到酒馆时苗善芸恰好在柜上。她比杏儿小一岁，小时候她常带着苗丛善，杏儿常带着李全保，几个人没少在一起，互相都不陌生。李全保和苗丛善这时也都在，那天正好又是几个同窗聚在这里喝酒。

杏儿见到苗善芸没说话，见了李全保也没话说，就一脸委屈呆呆地站着。

如果来的人是李全保他爹，那他肯定还像前两次那样撒腿就跑，他知道爹不能常来，也不会常待，躲过去也就没事了。这次见来的人是杏儿，李全保就没跑，站起来说：你来干啥？你怎么自己跑来啦？

桌上都是和李全保关系近的好友，早就听说他家里有个大婆娘，这时笑起来起哄：是媳妇找来啦，媳妇找你还能是干个啥，赶紧回家。

李全保在这么多人面前略有些挂不住脸，就赶紧让杏儿先回去，还嘱咐她可别再往这跑了，说稍后自己会回家找她。

杏儿到了这是从头到尾都不知道该说啥，也只能悻悻回去。不过苗善芸没让她自己走，而是特意找了个舴公送她。回到家杏儿又被婆婆当头数落，说她既然长了本事，拉不回男人就不该回来。

她那天含着眼泪再次出了家，当时觉得今天是自己最受气的一天，家里有婆婆数落，外面见了自己男人不要说拉人回家，连说话都不知道怎么开个口。一时想不开，那天她就跳进了平河。

然而杏儿从小就带着帮孩子在这河里戏水摸鱼，水性够好，跳河根本就死不成。不过那天她也不是自己游上来的，而是被村人给捞上来的。杏儿没想到，第二天下午李全保就回来了，悄悄的。

李全保答应杏儿会回家，所以马上就回来了。但他又不想见爹妈，所以悄悄回来只见了杏儿。李全保对杏儿说：我就是怕他们太唠叨了，可别让他们见到面，见面就唠叨。

李全保也没再说别的，叹了口气又对杏儿同情地一笑，那意思是你最知道他们有多唠叨，然后给杏儿递过一只包好的熏鸡转身就跑了。

杏儿以前从没吃过熏鸡，他们家吃鸡的次数总共都没几回。她感觉从来都没吃过这么好的东西，一只鸡不一会儿就都吃完了，只剩下啃得干干净净的一撮骨头留在桌上。

杏儿万万没想到，熏鸡骨头对婆婆玉贞居然会有着要命一般的伤害。那些鸡骨头就好像根根带着毒刺一样，婆婆玉贞仅仅是看在眼里就开始滚到地上哭天抢地。

她先是骂杏儿就是个狐狸精，又骂李全保就是个白眼狼，说这个儿子算是白养了，有好东西只知道惦记媳妇忘了娘。她接着又是一遍一遍骂回杏儿的身上。

杏儿当时非常害怕，她从来没见过婆婆玉贞哭号成这样，就连后来知道李全保死的时候她好像都没哭成这样。

## 06 天灾人祸

TIANZAIRENHUO

李全保和苗丛善在县城出事的消息是苗三姐儿亲自带回来的。

当时学堂里有一个叫黄逸生的同学家里要搬到县城，几个要好的同窗就帮忙去搬家。其实都是想借机去玩一趟，他们当中有好些个还从来都没去过庸湖县的县城。

在县城茶楼里听戏喝茶的时候，他们几人和一个官家公子起了口角。富家子弟和官家公子起了冲突，结果只能是一边倒。

自从上次在平河镇上联手打过泼皮之后，他们这些个同窗好友就相当团结，苗丛善也比以前硬气了许多，这次就是他最先起身动的手。然而这个公子身边带了便装的警卫，见有人要动手立即就拔出了枪。

这天跟班出来的是专职警卫，不但有功夫，还有心机。他见对方这些人年纪不大但装扮非富即贵，他也不想动这些人惹麻烦，直接掏枪就是想镇场，根本不是真想打谁，把人吓唬住也就免得动手了。

但是这警卫没料到,拔枪根本没吓住人家,枪已经亮在了手,对面居然一板凳跟着就砸了下来。

其他人当时的确是都被震慑了,但是西九村出来这俩没见过枪,苗丛善和李全保以前见过的都是民团那种长枪土炮,这时见人摸出巴掌大那么一块铁,他俩全都没当回事。

李全保抡着一条凳子就打了下去,那边苗丛善抓起一个筷笼子砸到了公子的头上,枪掉到地上啪的一声走了火,到这时他俩方才反应过来,这是手枪。

苗三姐儿亲自跑到西九村报信儿,说苗丛善和李全保在县城被抓下了大狱,据说是和人在茶楼起的冲突,没伤到什么人,但是不巧碰到对方有个当差的,身上还带着枪。

苗家大老爷连夜就带人撑船去了庸湖县。

李全保他爹老李本也要跟着,但他听说到了县里要见官,腿就一直发抖,上船的时候哆嗦着腿迈了好几次都没迈过船帮。苗老爷就和他说:你先在家等信儿吧,去了你也说不上话,出钱也是我先替你垫着。

苗老爷觉得没打坏人这事就好说,这年头当差的全都图个钱,衙门里的人最知道不和人赌气的道理,对方若是个当差的反而更容易说和。

但是他却没料到,到了县城衙门一问,人家却根本不知道有这个事,说是已经有好些日子没抓过人了。

苗家老爷又多方找人帮着打听,也说衙门这段时间确实没抓过人,不过有人给他提了个醒,说没准是在军营那边,县里最近驻进来的军营倒是没少抓人。

这军营实际是一个团,团长姓刘,刘团长带的是新军。新军这个团最近刚驻扎到庸湖县,任务是平叛抓叛匪。

新军抓叛匪不用审，刘团长说是就能抓，抓起来就可以就地枪毙，然后尸体还要送到省城去充人头儿。

苗丛善用筷笼子砸的那家公子恰恰就姓刘，老子就是这个刘团长。刘团长是奉命平叛的，敢打他儿子的人，那肯定就是叛匪无疑。

等苗家老爷托人打听到军营的时候，那边答复：来晚了，那批人已经带去省城枪毙了。

实际上叛匪抓了是要就地枪毙的，为的是在当地有个震慑，然后尸体送去省城再示众几天，等到快要发腐了就凑上一堆儿当众点把火烧了，这样也是要个震慑。

不过刘团长觉得就地打死太麻烦，尸体要运，活人能走，把人带到省城附近毙了一样交差。

军营那边告诉苗家人：前天刚好凑齐一波，那批人前天一早押走的，这时候差不多已经到省城了。赶紧去没准还能看上一眼尸体，要是慢了可能连灰都见不着了。

苗家的人紧赶慢赶，可最终也还是没看上一眼苗丛善和李全保的尸首。苗家大老爷是连灰都没看到，他只看到城门外烧着两堆焚尸的大火。苗老爷远远闻到那股气味就两眼一黑昏过去了。

苗家跟着去的人又都胆子小，在焚尸堆的旁边敛起两抔土都胆战心惊，也只能当这就是收灰了。

自从苗家大老爷出了西九村，杏儿的婆婆玉贞就开始担心。她觉得东家亲自去了县城李全保肯定是没事了，她担心的是这次要使多少钱出去，东家后面又会让他家出多少。直到苗家那边办起了丧事，这边才知道，全保已经没了。

玉贞哭了一天一夜，老李掉了眼泪，但没哭。到了后半夜老李开口劝玉贞，不过也只说了一句：也不能一直哭啊。

玉贞听了这话陡然一声哭号：我这天都塌了啊！接着，她就开始数落老李没能耐，儿子下狱了你连县城都不敢去。

她这还是第一次说老李没能耐，老李听了有点刺耳，但是听到玉贞开始数落人了，老李这就放下心了。

玉贞以前数落最多的人就是杏儿，但是杏儿没想到，李全保走了以后，婆婆不但不怎么说她了，而且还容不得外人说她的不好。

老李家隔壁住的是老刘，村里都叫他老六，两家共用一道土院墙。老六人懒，两家中间那道土院墙以前每年都是老李围补，直到老六的儿子长起来他家才有人接过这活。

老六不光人懒，还不会来事，在村里有点遭人嫌。

玉贞刚嫁给老李那几年一直怀不上孩子，邻居老六就跟着操心。老六不知从哪要了个偏方给老李，之后，只要再见到老李和玉贞就问那方子好不好使，到后来打招呼的话都成了：怀上了没有啊。

玉贞和老李这边刚没了儿子，老六没几天就串门过来居然是想要提亲。

老六家一老一少两条光棍，日子过得不好，儿子一直也没娶上媳妇，他这次是想给自己儿子找个便宜。提到彩礼，老六试探着说想出一块银洋。玉贞告诉他：这事你就别想啦，少了十块谁也别想娶我们家杏儿。

老六就说：怎么说也是二手的寡妇啊，你哪能要出这个价。

玉贞听了老六这话顿时勃然大怒：你说谁是二手！想找寡妇你去别处。杏儿就是我家闺女，嫁到外面谁能说她是二手，你就是穷傻了想打我家杏儿的歪心思。

玉贞一边骂人一边轰老六走：谁都知道我们家杏儿是黄花大闺女，手脚勤快身板好，放到哪都不愁嫁，明媒正娶的彩礼一厘都不能比别家少。也就是被驴踢了脑子的才能说出你这话，赶紧走，自己关上门做梦去吧。

老六出不起这钱，碰了一鼻子灰就走了。然而老六前脚刚走没一会，他的儿子大良又过来了。大良听说玉贞要十块银洋的彩礼，自己亲自过来提亲。

大良和玉贞说：婶子，十块银洋我认出，但我现在没有，等我两年，两年后我给十五块。

老六这儿子没随他爹，手脚勤快而且比他爹会说话。

玉贞是看着大良长大的，她不待见老六，却喜欢他家这孩子。见大良自己跑上门来谈这事，玉贞就动了心思。

玉贞和大良说：我家杏儿早晚是要嫁人，咱们这门亲事不是没得谈，关键你爹话太难听。我们家杏儿什么样谁不知道，黄花大闺女一个，到他嘴里成了二手。

大良点头：我知道，婶子你消消气。你也知道我爹这人，他就是不太会说话。

玉贞又说：让杏儿再等两年是没问题，你是我们看着长起来的，也不要你出十五块，就十块。不过这也不好攒啊，孩子你两年怎么能挣出这么多钱啊。

玉贞关切地看着大良又说：婶子知道你是个好孩子，咱们都是知根知底的。你要是真对杏儿有这个心，也不一定非等两年，你现在就可以到我家上门。给我们当个上门女婿，一个彩礼钱也不用你出了，以后咱们中间院墙一拆两家就成了一家，左右在一起，也不耽误你给你爹养老。

大良说：婶子，杏儿的彩礼我认出。等我两年，我肯定能攒出十五块，到时候把院墙拆了，我给叔婶养老。

杏儿和大良是同岁，这么些年低头不见抬头见，杏儿从来没想到大良还对自己有这个心。大良是当天就打起了铺盖行李，他临走和杏儿说：两年我一定回来。

　　杏儿也不知道说什么，就默默点了点头。她这时忽然想到了李全保，全保是离开西九村就不想回家了，到最后人也没回来。她担心大良这一走会不会又是这样。

　　两年以后，苗丛善回到西九村。原来苗丛善根本就没被枪毙，更没被焚尸，他这两年是一直在东北出劳力。

　　当初苗丛善和李全保被押去省城枪毙，然而走到半路就改成发配了。

　　其实当时是那个刘团长私下里和外边有勾当，他抓起来的叛匪有大一半都改成了发配。说是发配实际就是把人卖了当劳力，苗丛善和李全保那批是每个人头三块银洋。

　　北边当时到处都在修路，路段很长，好几个省份都有，苗丛善是被发配去了东北。

　　据苗丛善所说，他去那边修的是铁路，像他们这样发配过去的都不被当人使，冻死累死了不少。不过一年多那段路的活就停了，他们这些人就没人管了，他自己就跟着大帮去了边门打工。边门是个好地方，挣钱还算容易，许多人到了那就留下不走了，他是一挣够路费钱就马上往回赶。

　　苗丛善回到西九村那年，天下大旱。西九村是块风水宝地，自古以来就没旱过，可那一年还是遭了灾。

　　县里刘团长的队伍开始出来四处搜粮，但是赶上这种大灾年他们总共也没弄到多少粮食，自己营里的粮草反而被饥民一拥而上抢了个精光。刚好这时从南边又杀过来一支队伍，刘团长的人一枪没放就撤了。

新来的这支队伍也和以前的一样四处搜粮，而且不分贫富，颗粒不留。西九村免过了天灾，却没避过人祸，穷家富户的人都无奈成了流民，玉贞就是这一年没走出多远就死在了路上。

这支新来的队伍除了抢粮还敞开了招人，乡下的许多壮劳力为了能吃上饭都去当了兵，其中也包括苗丛善。

据苗丛善当初所说，李全保在东北也是当了兵。全保不但识文断字，而且能说会道，一到东北就先当上了工头，没多久又被卫队长招去成了亲兵，当时对苗丛善不少照顾。但是谁都没想到，李全保那支队伍会去北边打仗，打的还是最不好惹的毛子，过去的人一个都没回来。

全保这人够义气。每次提到李全保，苗丛善都会提上这么一句，然后一声叹息：要不是因为他去当了兵，肯定也会和我一起去边门，肯定也和我一起回来了。

杏儿不知道边门在哪，也不知道边门到底是个什么样，但她却许多次梦到苗丛善所说的那处边门，那是雪地里很高很长的一道墙，墙上有很多很多道门，不但李全保在那，大良居然也时而出现在那。

杏儿跟着老林走的时候又回头看了一眼公公老李。杏儿忽然觉得，这一眼之后，西九村那边的人和那些年的事大概就和她彻底没关系了。

刚出明岭镇那会儿杏儿还有些忐忑，不知道接下来自己会是什么样的日子。不过走了一段就好多了，可能是因为老林刚才和她拉了会儿话。

老林告诉杏儿他的儿子叫林安生，绝对是个本分人，话虽不多，但一心在手艺上，手艺比他年轻时还好。

老林还用手比画着说：安生个头不随我，他个头有这么高，体格好着呢，你可能都没见过像他那么好的身板，他这趟去了北边，还要过些日子才能见到。

杏儿也一五一十和老林讲了自己那些事。她本以为十多年的事说起来会很长,但没想到,走了不到五里路就说完了。

老林这时问她:那个大良呢,那后生后来没回来吗?

杏儿说:没回来,刘大良在平河镇,他给苗家那个苗三姐儿当了上门女婿。

## 07 运气

YUNQI

林安生发现，人要是撞上运气，真是什么想不到的事都有可能。而他这趟的运气当是从遇到林洪全开始，好运和霉运都出在他身上。

林安生这次出来的时候老爹有过交代，让他一路向北去天津，到了天津就去那里的开蕴号试试手艺。如果到不了天津也要至少走出八百里，争取蹚开北边一条路。只要在大年前赶回家，走完这趟就算他正式出徒。出徒意味着他以后就要自己单走了，而且路线不能和他爹有交合。

这趟算是林安生第一次独自走远途，以前都是跟着他爹，他只管闷头干活就行，但这次除了干活还要四处吆喝招揽生意。对他来说，干活是不成问题，最难的就是吆喝，他到一个地方常常是喊出两嗓子就再没动静了。

而他这一路的买卖也是出奇地差劲。走到缨桥镇的时候，连自己吃饭都快要成了问题，再这么下去只能动怀里那一块银洋的老本了，而偏偏这个时候他脚上的鞋又顶破了。

那天林安生原本是想在缨桥镇上买双鞋,但是问了两家还是没舍得花钱。他就是在这个时候遇上了货郎林洪全。

货郎林洪全四十开外的样子,穿的是长衫,人打理得比较整洁。当时他正把自己的货挑子撂在缨桥镇的桥头,前襟挽在了腰上,手里不紧不慢摇着拨浪鼓。林安生挑着担子走上去想要和他买些针线。

是纳鞋还是缝衣裳啊?林洪全停下拨浪鼓,挂着笑脸问他。

鞋。林安生只答了一个字。

林洪全打量了一眼林安生脚上的鞋,爽快地说:不用你买,咱们都是走街串巷的生意,算半个同行。针我借你用,线我送你一段,你就在这自己缝吧。

一边说着话,林洪全一边已经从笸箩里抻出了一根棉线,又递过来一根针。

林安生盘坐在桥头缝鞋。林洪全一边看一边和他拉话:到底是手艺人啊,动针线也够细致。

林安生苦笑一下没说话。他们锔匠虽然也算是手艺人,但在手艺人当中却是比较寒碜的一档。所谓"没有金刚钻不揽瓷器活",说的就是他们这一行,不过他们平时干的多是修补锅盆坛缸之类的粗活。一个地方的家什给人修理差不多了就必须要换一个地方,一副挑子就是整个作坊,是个居无定所的行当。

林洪全接着拉话:小兄弟哪里人啊?

林安生答道:林庙。

林洪全听到这地方似乎来了兴致:林庙我去过啊!那地方姓林的本家不少,小兄弟也是姓林?

林安生点了点头。

林洪全又问：成家了没啊？

林安生摇了摇头，还是没说话。

林洪全很快发现林安生不太爱搭话，但这本家后生并不是不爱搭理人，和他聊什么都有个回应，开口基本就是笑，就是不爱和人言语，连自己跑营生的号子都不怎么开口吆喝。

从这一针一线开始，两人就走到了一起。

两人都是走街串巷的营生，只要大方向不差，奔人多的地方就对了。林洪全显然路熟，他说走哪林安生就一声不吭地跟着他。

林洪全发现这本家后生确实不爱说话，简直就像个哑巴，但他并不嫌弃，反而上了股热乎劲更爱和他搭话，没事不光摇晃自己的拨浪鼓，还放开嗓子替林安生吆喝着铜匠的号子："锔——锅——来，锔——碗——来，锔锅锔碗锔大缸来！"

十来天，百余里，一路下来两人就算结了交情，也到了该分手的时候。林安生还要继续一路向北，林洪全到这就该往西了。

林洪全对林安生似乎很是不舍，就和他说：从这往西不到十里就是江家寨，地方不算小，但知道的人不多，要不你也过去走一趟吧。

林安生说：我爹让我一路往北。

林洪全说：大差不差，拐这一脚也就七八里。我去卖过货我知道，那地方能养红天麻，几乎家家种药材，不是一般地富裕，能有你的好营生。

林安生知道林洪全路熟，这些天跟着他生意确实有起色，他也不在乎来回这十几里路，没犹豫就点了头。而他没想到，到了江家寨这地方就撞上了场运气。

江家寨的大户大修阴宅，据说石料在路上耽搁了，现在急着赶工，江家雇劳力开出了三倍的高价。

货郎林洪全一进村就听说了，壮劳力一天打底六百文，不光工钱给得高，还包吃住。他立刻收了拨浪鼓就要去上工，但林安生却连连摇头不肯去。

林洪全撂下挑子劝他说：这活儿我知道，就是出点力气的事，有胳膊腿都能干，你看你这副身板，肯定不差力气。

林安生却说：阴宅，有晦气。

林安生这一路上跟着林洪全都听他的，几乎说什么他就是什么。林洪全这时又继续劝道：哪来的晦气，这可是撞上来的财气。你这一路过来能攒下几个六百文，去晚了活可就要干完啦。

林安生还是摇头：阴宅坟地积晦气，我爹说过要躲着。我爹是老江湖，我看你也别去了。

难得林安生一连说了两句整话，林洪全知道这肯定是劝不动了，看来这后生还是更听他爹的，他不忿地说：我也是老江湖啦，老江湖谁管这么多讲究，没钱才是最大的晦气。

这一路货郎的买卖不错，担子里原本就已经快见底了，这时候正好撂下挑子去干活。第一天下来，林洪全拿全了八百文，还从工地上省下了两个馒头，兴冲冲地来找林安生。

林洪全大概四十的年纪，具体他自己没说过，林安生也没问。此时出了一整天重体力，人看起来明显是累得不轻。

一见面林洪全就赶紧递过来两个馒头：赶快吃，还热着呢。

林安生接过馒头就是一愣。这些天相处过来两人也算已经知根知底了，生活都很清苦。尤其是林洪全，他的挑子里有一个土布口袋，口袋里装着晾干的窝头和一些不成形的干饼子，每到饭口的时候他就从口袋里掰出一块来，再从卖盐的匣子里捏出一捏盐，就这样用舌头舔着指缝里的盐粒，就着他那些干饼子吃了一路。

过去这些天，林安生从没见林洪全花过一个铜板，甚至没见他吃过一次热饭。这么节省的一个人，现在从嘴里紧出两个馒头给了自己，林安生略微愣了愣神，然后才慢吞吞地吃了起来。他嘴上虽然没话，但心里上下翻腾着热气。

林洪全劳累了一天但嘴还是不肯闲着：这东家厚道，不差工钱也不欺外，当天就给结钱。来干活的多是本地人，这里的人可都说了，给人修阴宅是积德，尤其是这种大户人家，还能沾福气。这活儿就是出些力气，你看看你这身板肯定不亏力气。

林洪全是没看错，林安生身上确实是不差力气。不过他不知道林安生他们一家人胆子都小，夜路从来不赶，白天遇到坟头从来都要绕着。

第二天林安生到底是跟着林洪全上了工地，不过他还是不肯干江家的活。林洪全昨晚现熬出一锅糖蘸花生，还就地取材用盐巴炒出两锅盐酥豆，他让林安生在工地边上卖。

林洪全说：你那营生也不急，等工地散了再去干也一样。现在工地上的人挣来现钱都舍得花，干重活也要补体力，你就帮我卖这些豆子花生，肯定比你干的活挣钱，到时候咱俩平分。

林安生就这样来到了江家的工地旁，半天下来他这边买卖确实很好，然而工地上的林洪全却忽然出了事。

林洪全第一天干这种重体力活还能坚持下来，但是第二天明显就不太精神了，下午扛杠子装车时腿忽然一软就跪在了地上。

那杠子中间系着的是一块长方条石，他这边一倒，石条顺势撞上了车轮，这车轮被石条一撞居然垮了，半边车跟着就塌了下来，车沿正巧压住了林洪全的腿肚子。要不是腿旁边有那垮下来的车轮垫着一道，他的腿立刻就能被压成两截。

车上当时已经装上了三块这样的条石，这种石料常人要用撬杠才能从地上撬起条缝来，系好绳子至少四个壮劳力穿上杠子一起扛。一起装车的几个工友急着四处喊人却都不敢搭手卸车，生怕用力不妥车沿偏了压得更重。

林安生就是这时露了一手力气，也招来了关注。林安生知道自己力气比一般人好，但是究竟有多大劲他自己也没数。这时林洪全的腿被车压住，他情急之下腰身绷紧，两腿奋力一蹬，居然连同着石料带车一起给掀了起来。

此时江家一个护院头领在人群外正仔细打量着林安生。东家负责工地的是江家的老二，名叫江椽荣，在江家寨人称二爷。二爷和管家也赶了过来，见护院眼睛盯着那人，二爷就问：有问题？

护院头领点着头说：感觉是有点问题，昨天是在村里走街串巷，今天就到工地上卖花生了。不怕是贼人来踩点，就怕有土匪来探路。我这一直盯着呢，你看他这身力气。

二爷说：看这力气就不像常人，你看是不是练过的？

看不出来。护院头领答道，不过光凭这身力气，稍微会上三拳两脚就是硬手，要不要先制住问问来路？

管家在一旁忙说：来的时候我也是问过了的，没敢大意疏忽。说是铜匠，挑着挑子和货郎一起来的。我也不想多用外乡人，但是现在时间紧啊，木料就要进场了，说是再有四五天差不多就能运到。

二爷点了点头：说是铜匠，那就好说，一试就知道。再问问，要是没问题倒是可以留下，这身力气正好有用场。

管家把林安生单独招呼到一边问他：你是干锔匠的？

林安生点了点头没说话。管家又问：那怎么卖起花生豆子了？

林安生指了指那边刚受伤的林洪全：是他的。

二爷见他答话有些局促心中不免生疑，就直接开口说：锔匠是吧，那你先给我锔口缸吧，看看你到底什么手艺。

江家宅子大门边正好有两口太平缸，陶制的，没任何雕饰，放在那有了些年头，正好打算等石匠干完工地上的活做两口石雕的。二爷这时拿过一把铁锨就在缸沿上捅出了块口子。

林安生见了心里大概有些明白，好好的一口缸，现捅一个口子出来，这肯定是想给缸上加点装饰。有些大户人家是有这种讲究，把锔补当成点缀。这样的话，可就需要拿出些手艺了。

林安生使出了自己的看家本事，先是沿着破口布置了粗细不一的锔孔，然后纵横搭上了敲成薄片的锔钉，这是他们家的独门手法，最后又现砸出几条亮银的丝钉压在上面。做完之后，所有锔钉刚好构成两只追逐嬉戏的蝴蝶，给太平缸上平添出一幅象征祥瑞的蝴蝶图。

江家二爷见了这手艺不禁连连点头，知道这肯定是个地道的手艺人也就放心了。不过给家里添了祥瑞就不光是要给人家工钱了，还要另外打赏，二爷随手就给了林安生两块银洋。

林安生拿到这笔赏钱顿感全身的血好像都在往头上涌，脖子上的筋都蹦了起来。他们全家一年到头都未必能攒出一块银洋，现在这一笔就得了两块，自己身上还从来没这么富裕过，一时还有点不敢信这钱真是全给他了。

然而林安生更没想到，财运这才刚刚开始，二爷刚走，那个护院头领又来找他。

这护院头领名叫张冠九，他本名叫张冠，在师门排行第九，出徒之后为表示不忘师门就改名张冠九。

张冠九这人武艺高绝，只是他这名字几乎没什么人知道。不过要是提起他另一个名号张镇东，那在黑白两道上几乎无人不知如雷贯耳，当年那曾是道旗镖局的头号镇场镖师。

镇场镖师不押货不走镖，若是哪家匪徒不讲规矩动了镖局的买卖，他们专门负责找人秋后算账，出手全是非死即残，而且事后还要放出自己的名号，要让人知道惹了镖局不好收场。因此干他们这行的，仇家都是越来越多，没真本事绝对不行。

张冠九当初用的名号是张镇东，栽在他手下的多数都是歹人，算是侠名，但仇家也确实不少。那些年只要见到晋东道旗镖局的镖旗，黑道中人就都知道这后面有个张镇东，惹不起，也躲不开。

后来张冠九上了年纪，有心图个安稳，这才应了江家之邀做了护院头领，从此就彻底收起了名号。他之前干的那道亦正亦邪，而且手上人命太多，不便让人知道过往，因此江家寨一般人根本不知道张冠九的来历。

张冠九收山之后在江家寨的日子相当安稳，事儿不多，薪俸不少，唯一的遗憾是一直没能收上个徒弟。

最开始的时候，收不上徒弟完全是因为张冠九要求太高。他练的这门武艺最讲天资，天赋差一点即便勤学苦练也没用，到了后面不会再有半点进境。他自己就是天资好，当初他们同门九个师兄弟只有两个得了本门的真传，他是当中的一个。不过他在天赋上终究还是略逊了一筹，最后是另外那个师兄继承了师门的衣钵。

因此张冠九收徒眼光高，觉得要教徒弟就要调教出个出类拔萃的，天资一定要好。然而许多年下来他却始终也没遇上一个中意的人。

到后来，对于收徒弟这个事张冠九已经彻底沮丧了，不是说因为自己一直收不到人而沮丧，而是他开始对自己这门武艺越来越觉得沮丧。

张冠九是一身铁弹镖的功夫，练的是明镖不是暗器，三步之内眼神一到即刻取人性命。他这门武艺一旦练成手了便最不好对付，但是学来也最吃功夫。

然而这十来年光景，市面上都开始用枪了，不是以前那种长枪火铳而是快枪，江家寨的民团和护院早就人手一把了。尤其是现在的那种小枪，用上手是又快又狠。

有了这种家伙谁还愿意花十来年功夫去练他那个镖啊。张冠九虽然一直不愿意承认，但平心而论，放到现在他自己都会为练这门功夫感到不值。

出于这层原因，张冠九后面也就不再想着收徒弟的事了，这个事对他来说原本也不是非做不可，收不收都无所谓。因此，这个事上他并没有耿耿于怀，在江家寨的日子还算舒心。

让张冠九窝心的日子是从江家寨换了团练教头开始的。新来的团练教头名叫赵云长，张冠九一听到这个名字心里就觉得有气，武圣人的字号你也拿来当名字用，爹妈但凡是遇到过几次说书的也不会给孩子起这个大名。

这赵云长五十岁上下，年纪和张冠九差不多。初来乍到肯定要先露一下身手，张冠九怎么也没想到，赵云长都这把年纪了，到练场第一件事居然是要先亮一手气力。

然而出力的事却不是赵云长亲自动手，他身边带了三个徒弟，三个都是二十不到的棒小伙子。赵云长当时只摸了摸练场上最大号的石锁说：就让我小徒弟先来吧，小三跟我不到两年，这分量就是手上的根基。

接下来赵云长又让另外两个徒弟轮番下场，拳脚棍棒先后使了个遍。

若论拳脚,张冠九并不以为然,但是这个事看起来着实是让他眼气了,人家赵云长自己根本没动手就把场面给开了,这就是有徒弟的好处。

而让张冠九更加眼气的事还在后面。赵云长前前后后又收上了好几个徒弟,而且全都进了民团。按这边拜师的规矩,出徒之前所有的饷钱都归师傅,那赵云长的收入一下子居然比他还高了许多。

张冠九这时也隐隐动起了收个把徒弟的念头,资质差点也无所谓,自己既然不是要开宗立派,门槛降一降也不是不可以。然而到了这个时候他再想收徒弟却没那么容易了。

在江家寨只是有人听说过他张冠九武艺好,但是没人知道他到底有多大的本事,这么些年就从来没人见过他真正动手。

因为张冠九是外来户,不是江家族人,他这个护院头领只能是分管院外。而院外和周边还有护村的民团,江家寨的民团都是专职,一点不弱,平时根本没有需要他出手的机会。

而张冠九这门功夫练的又全是夺命杀招,平时和人切磋比试的时候非常吃亏,只能束手束脚收着用。因此在外人看来他的武艺没什么高明,他这时再想收徒弟,就算把门槛一降再降却还是收不来个像样的人。

张冠九一见到林安生就看出来这人身板好,虽然天分如何还看不出来,但是那身力气连他以前都没见过,有这等力气稍经调教也就够了。江二爷那边一确认这的确是个手艺人,他随即就动了收徒弟的心思,唯一的问题是年纪稍微大了点,不过他这时也不那么挑剔。

张冠九这时过来,开门见山就问林安生想不想留在江家寨做事。

林安生问:让我干什么?

张冠九说:有你这身气力一辈子走街串巷可惜了,留在这至少可以当个民团。

林安生听说是干这种事连连摇头：这我可不敢干。

张冠九说：你先别说敢不敢，胆子都可以练，艺高胆大你听过吗？先听我说完你自己看。在江家寨出民团一年的饷钱是五块银洋，不但供吃住，另外，家里人平时还可以种东家的地，出民团的人家不收租子。

林安生一听到这饷钱立刻又愣住了。刚刚收了两块银洋的兴奋劲还没过，现在又是五块银洋，而且这可是固定钱，有了这种收入，后面爹娘可就都不愁没着落了。

张冠九接着说道：但是江家寨的民团不是谁都能干，必须是在这里安家，家里人还不能低于两代。你想干的话要么在这找个媳妇生个娃，要么就把爹娘接过来安下家。

林安生确实是有点动心了，点着头说：这我得回去和我爹说说。

张冠九又说：你先别急。除了民团还有护院，护院每年打底都是五十块的薪水。当护院要有武艺，另外还必须有保人。

"你学过武艺吗？"张冠九问。

林安生听到这五十块却没刚才那么激动，他知道自己肯定干不了，摇着头说：没，我不行。

张冠九说：你先别说行不行，先听我说完。护院你也不是肯定当不成，要是你能当了我的徒弟，武艺我可以现教你，保人自然也是我给你当。

张冠九不紧不慢地继续说道：你跟别人学艺肯定要些年头出徒，但是有我教你。

张冠九说到这停了停，想了一下说：半年。你跟着我学，加上你自己有这身力气，半年让你当个护院不成问题。当上护院立马就是五十块的薪俸，按惯例出徒之前薪俸是归师傅，我给你留两成养家。

林安生小时候也想过学武艺，见了打把式卖艺的那身本事很是眼气。除此之外他想过要学铁匠、木匠，甚至编筐剃头，总之，是觉得学什么好像都比自家这手艺强，不过这些也就是心里想想，最后还是甘心成了锔匠。

林安生这时又动心了。他这时并没多想挣护院那份薪俸，单是一想到民团那份饷钱就觉得浑身来劲，他觉得收入稳当的营生就是好，只是不知道胆子需要怎么练。张冠九没让他马上拜师，说到底有没有师徒缘分还要先考量考量。

张冠九练的镖是鸽子蛋大小的铁疙瘩，他这种镖和暗器不同，真正动起手时五步之外不打，伤敌全在三步之内，是门近战的功夫。

他这时心里已有盘算，他的身手和名号外人可能不知，但当家的几个家主还是知道的，只要报了是他的徒弟，收作护院绝对没问题。

不过到时候也不能一点招式不亮，用半年时间练好一些起手的架势，到时候只要随便破两个靶子就说得过去了。不要说几个主家都是外行，就算是遇到真行家，只要认出这是他那一门的招数肯定都不会小看。

张冠九在林安生面前立了块寸许厚的松木板，这种板子结实，上面画了鸡蛋大小的靶子。他微微叹了口气说：如今也不用把功夫练得太精了。先从两步靶开始，什么时候能把靶子打穿了就移开一步。

他指了指木板上的靶心：也不用多，眼下能把三步靶打透就行。准头也不用太计较，只要出手的架势稳成样了就能先当护院。等以后五步之内十中七八就算你出徒。

张冠九对林安生的要求实在不高，他自己当初是七步开外双手齐发，是师门中唯一一个连破五十一靶出徒的，到最后也不是失了准头，而是力道跟不上了。他现在主要是觉得林安生是半路出家，而且以后终归是要用枪，眼下的目的是先让他充上个护院，练好几个架势就说得过去。

林安生手上力气不差，只不过出手铁疙瘩要求身子不能动有些妨碍施展。他瞄了瞄靶子，挥手一掷就在寸许厚的松木板上砸出了一个窟窿，而且是正中靶心。

两步的距离根本不算远，他们铜匠这手艺讲究的就是眼准手稳，准头比一般人要强。再把板子移开一步，他还能命中打穿。

这时张冠九又把靶子放在了四步之外，林安生抡圆了胳膊还是给砸出了一个窟窿，但是准头已经没了，而且侧身借了力。

张冠九这时连连点头，完全没有想到。力气之前他已经见过了，现在准头又一次让他出乎意料。他这时心情大好，心想那赵云长收十个徒弟进民团也抵不上我这一个徒弟当护院。

张冠九在林安生肩膀上捏了捏说：看这根骨，气力还大有长进的余地啊。看来这个徒弟我是收定了，力道你天生的就够用，这比我当初至少省下三年功。准头现在也不用太讲究，你只要先把发镖的架势练出来就成。要这样抖手出镖，身子绝不能动，正常来说肩上和头上要各放一碗水。

林安生不爱说话但听话认真，张冠九说什么他就在一旁跟着点头，做起来也一丝不苟。他这时是把练功当营生干了，东家怎么说我就怎么做。以前走街串巷，即使肯卖力气也未必能接到活，现在有了这档子差事干，他根本不在乎起早贪黑。而且他也没觉得这个活有多难，还没有跟他爹学手艺的时候难练，只不过一开始按照张冠九说的姿势用劲有点不顺手而已。

之后的半个多月林安生不分黑白扎在靶子前练起手的架势。眼看着架势就稳出模样，张冠九先迫不及待了，就说：行了，有点模样了，再加上你能打穿厚靶就已经够唬住人了，有点模样我就说得过去。先去把你爹娘接过来，到时候有你爹见证我再正式收徒弟。

张冠九这时又拿出两块银洋说：练武一定要吃好，在路上每天也别懈怠了练功，练之前务必把这几个架势的门道念上一遍，免得练走了样。回来我给你担保当护院。

这段日子林洪全一直在工地上养伤。虽是养伤东家也给了工钱，工地上有伙夫杂役，顺带着都能照顾他。

林洪全的一条腿基本没事，另一条腿虽然骨头算是接合上了，但皮肉伤却是不轻，一开始肿起来像水桶一样粗，肿消了半条腿都是紫的，能不能保住还不好说。

林洪全之前干重活就已经累脱了力，再加上受这么重的伤，整个人越来越没精神，连日发烧气短。

等石料的工结束，工地上的人都散了就只剩下林洪全。他到这时上了急火，人就开始虚脱，高烧不止有时还糊涂，眼看着是有些不行了。

林安生知道林洪全伤得不轻，但没想到会突然变得这么糟糕。林洪全这时和林安生说：人都走了，我是走不了啦，我这场是不成了。你临走老哥最后想求你件事，我家在岭西房山村，老哥想让你跑一趟，帮我带个信回去就行，让家里知道我人在外面已经走了，别始终惦记着。

林洪全说这话时红着眼睛，眼巴巴地看着林安生，林安听到这话时也不由得跟着眼眶一热。他看了看林洪全的腿，拍了下他的胳膊说：不差跑这一趟，我背上你，你挺挺。

当时正是当午，林安生说走就走，饭也不吃，拾掇出林洪全挑子里的几件家什就上了路。

然而他和林洪全还都不知道，这个时候想出江家寨已经没那么容易。

## 08 / 陵木

LINGMU

这个江家表面上是一方大户,并不招摇,实际却是深藏不露的一门豪族,江家寨有一多半都是江家的族人。上一朝江家还出过不少大官,但是后来失了势,又接连几代人断了功名,只有家业还在。

江家人一直都想能有族人重返官场,他们知道有钱无权朝不保夕的道理。这么大的家业没有靠山肯定不行,靠巴结外人终究不是长久之计,家里在朝中没个做官的始终不稳妥。

但是他们江家后人当中经商挣钱不缺好手,考功名却实在不在行,几代人都没出过什么读书的料,直到这一辈的老三才总算有了些起色。

江家老三名叫江枢荣,本是打算举家族财力在京里捐入官场。然而江枢荣却大有心气,能谋到的官职他都看不上,觉得上不得大台面,这让江三爷感觉受到了折辱。后来江家老三索性不当官了,跟着一个叫赵文骐的北上关东,成了赵家的幕僚。

这个赵家论财力远不如江家，但论官运在当时几乎称得上无人能及。赵文骐兄弟俩和他们的父亲都是进士出身，下一辈又接连出了三个进士，人称一门六进士的就是他们家，放眼全天下也是绝无仅有的功名大户，这让江家老三一度仰慕不已。

江三开始的时候和赵文骐交好，后来他自己求官不顺，索性就大手一挥，把财力都投到了赵文骐的一个侄子身上。而赵家的官运的确是好，赵文骐这侄子得了江三的财力相助一路扶摇直上，没过几年居然就官至一品。这还不止，没人能想到他后来竟然任上了盛京将军的职位。

盛京乃是皇帝的老家，盛京将军在整个东北向来是军政一身，所以历来用的都是满人，正常来说根本轮不到他们赵家的人。

不过当时到东北主政已经不是什么好事了，资历够的全都不想去。当时的东北地面上不但匪患难平，北边的大毛子一直盯着这块地，南边又出了东洋人，两家整天谋划着怎么占了皇帝老家这块地盘。这时整个东北可谓岌岌可危，谁都不想在自己的手上把皇帝的老家给弄丢了。

江三追随赵家到关东之后先是借着官家这层背景做起了生意。他一边帮北边的毛子向南延伸修路，一边又帮着南边的东洋人不断扩张码头。这两家都惦记着在东北多占地盘，因此摩擦不断积怨不少。江三敏锐觉察到当中的机遇，随后居然有意无意撺掇成了一件大事，你们两家干脆直接打，这块便宜就摆在这，谁赢了大头统统归谁。

打了几场之后，毛子吃了亏，东洋人也怕了。两边都不敢再打了，又不肯相让，最后谈和的结果是：以后这块地方谁都不许再抢了，还是继续交给人家大清管着。皇帝的老家居然就这样稳住了。

除了洋人，对付土匪也是个难事。关东那些土匪胡子来去飘忽不定，打不过就换个地方，甚至打都不和你打，听到风声人家就走了。朝廷的绿营和旗兵除了领饷拿俸禄干什么都不成，赵家人自己手里的新军又根本不够，而且也舍不得拿出去碰硬。

此时江三江枢荣又展露了一次自己的财力,自掏腰包帮赵家收编土匪。

到江三这里接受招安和收编的要求都不高:只要许诺以后不再立土匪的名号,那就既往不咎算是接受招安了,就算再有些小打小闹只要不放名号也可以睁一只眼闭一只眼。如果收了名号还能保证不惹事,那就可以当是正式收编了,不但能让赵家那边封个正式的名分,日后钱粮都由他江三爷供着。

土匪冒着性命打家劫舍就是图钱,现在只要什么都不做就有钱拿,不少人当然都能算明白这笔账。不久辽东地界就有四家匪首接受了江三爷的收编,这四人还和江三爷一起拜了把子,拥护他做了大哥。这大哥也够阔气,不但钱饷不少给,还立即从洋人手里给这四个兄弟置办了新装备,因此很快又有不少绺子纷纷依附到他这四个兄弟的旗下。

如此一来,皇帝的老家不但没丢没乱,反而越来越安稳。皇帝的老家稳了,赵家人也真正坐稳了盛京将军的位子,而且摇身一变被升格成了东北总督。东北是大清朝的龙兴之地,因此东北总督后来居上,一跃排在天下九大总督的第一位,被奉为"疆臣之首"。

从盛京将军到头号总督,赵家人可谓官运昌隆,权位登极。江三也随之成了赵家的幕僚之首,虽然不是官身,但他身边这时拢起来的势力一般官员都已经比不上。而且江三这些年不经意间知晓了一个秘密,而这正是关乎赵家家运的秘密。

赵文骐有一个密友,这人看起来并不起眼,但赵文骐对他却极为恭敬,也正是因此才引起了江三的特别关注。

江三特意留了心,也是过了两年才终于搞清楚,这个人名叫朱煜功,他的哥哥居然是一位侯爵,而且还是世袭罔替的一等侯爵。

大清朝对异姓封爵向来极其吝啬,一等侯爵更是凤毛麟角,所以屈指一数就不难知道是谁。这个朱煜功的哥哥就是延恩侯,他们家姓的朱是朱元璋的那个朱,乃是前朝皇室之后。

满人最初入关的时候对前朝皇族血脉恨不得一个不留，一律肃清杀光才最好，为的是提防前朝复辟。然而他们很快就发现一个问题，根本杀不净。

朱家的后人实在太多，难保还有漏网的。不过这还只是一方面，就算真杀光了也还有冒充的，那些冒充的才不好对付，说不准从哪就冒出来一个自称后裔的人。是不是真血统不重要，是不是真姓朱都不好说，只要能召拢起人来，随时都可能是一场死灰复燃。

后来还是康熙皇帝拿出了一个办法：明确前朝正统，善待前明后裔。

这时候朱家的血脉已经基本杀没了，好不容易又找到一个嫡系后人，马上正告天下：这才是前明皇室正统，其他的都不是，如今前明皇室正式归顺了。为了昭示满汉一家，又大张旗鼓封了延恩侯，给他的任务只有一个，世代为前明皇室守陵，到了朱煜功的哥哥这里已是第十二代。

延恩侯虽然坐拥一等爵位，但是毕竟和其他的侯爵不太一样，做什么事都要小心翼翼，实际上除了守陵也是什么事都不能碰。他们这一支原本极为安分，但是几代过去就安分不下去了。因为平时只能关起门来不问世事，如此一来，开始沉迷享乐，所以一代比一代奢靡，朝廷给的那些俸禄也就根本不够用了。

俸禄越来越不够用，除了守陵又什么都不让做，延恩侯这支自然就从身边这座陵园上打起了主意。

打陵园的主意也不是说要挖坟掘墓，这种事他们是不敢做的，何况这还是自家的祖坟，而且也完全没这个必要，因为地上的那些木材就都堪称宝贝，只要他们能找对人。

为此延恩侯这支后人开始浸淫风水玄学，对于风水一道来说，皇家陵园历来都是风水宝地，一草一木都饱含龙脉气运，沾上就能助人飞黄腾达，就算不坐拥天下也是辈辈高官。

不过他们想要把皇陵里的木材卖出去也不是件容易事。按照大清律例，盗伐皇陵首先就是砍头的罪名，沾上这种陵木的就都是谋逆灭门的重罪。因此，有钱的不一定敢冒这么大风险，甘冒风险的又未必出得起大价钱，又有钱又有胆量的还必须要可靠才行。

对于延恩侯这边来说，守陵的是他们自己，最难的环节只在于找对买主，而赵文骐就正是他们最好的买主。

赵家书香门第，都是铁杆文人学士，为求进取不惜各种手段，为出人头地连性命都可以放在一边。这家人笃信风水，结交延恩侯之后陆续给上面几代人重修了阴宅，用的全都是皇家陵木。凭着这份连灭门都不怕的上进心，三代人先后在官场风生水起。

江三江枢荣这些年亲眼见证了赵家人如何官运亨通飞黄腾达，这等运势一直都让他羡慕不已。知道了这个秘密之后他也对风水上了心思，立刻也动起了皇家陵木的主意。

换作以往江三还未必有这个胆子，但是这个时候他身边有人马，几个兄弟都听他的，从来不听朝廷管。另外，自己在外面还有毛子和东洋人的关系，就算真出了什么事，举族迁到关东照样立足。而且这个时候大清朝的江山朝不保夕，这方面江三最清楚，朝廷已经没什么好怕的了，要是赶上改朝换代，没准官都不做了，自立封王都不是没可能。

江家的人原本就一直求官无门，早就有人怀疑自家的风水可能有问题。江家寨的家主是家中老大名叫江荣，听了这件事和老三也是一拍即合。

于是江三马上开始疏通朱煜功这道关系，但是没想到朱煜功谨慎得很，而且根本瞧不上他，无论如何也不应他这档子事。

江三实在拿朱煜功没办法，就指使严洪林把他给绑了，想要软硬兼施逼他就范。

这严洪林在他们拜把子的五兄弟当中排行老四，据说当土匪的时候绑肉票最是行家，号称从来没失过手。

得知用意之后，严洪林当着朱煜功的面对江三爷说：大哥想要皇帝祖坟上的木头何必非要找他们家，这不是舍近求远了吗。咱们自己的地盘上就有啊，永陵、福陵、昭陵可都在咱地界，当朝皇帝的祖坟不比前朝的差吧？干这个事老五最在行，他以前早就惦记过，你要是调他过去做个护陵的副都统，到时候想要哪根木料还不是随便挑，老五连根都能给你挖出来。咱们绑这个人没用，我让人把他宰了吧。

朱煜功听了这话顿时头皮发麻。人家说的话确实不假，他这时候连忙说，明陵的木料成材更久，风水更盛，立刻就允下一批上好的陵木给江三。

江家寨于是开始动工重修祖坟，然而江家得来的这批陵木还是出了问题，没等出河北就被一个叫孙琦宝的给盯上了。

## 09 江家寨之劫
JIANGJIAZHAI ZHI JIE

在当时的官场上，孙琦宝可以说是一朵闪耀的奇葩。他家世一般，虽然也算几代为官，但都是些小角色。他的父亲大半辈子都在候补，主要靠倒腾字画和古董撑着家业。

孙琦宝本人文才也很一般，但是他后来学过武，论武艺在行伍里也根本算不上出众，但是他极善与女人打交道，和洋人妇女交往的时候学过两门外语，刚好庚子年国难的时候派上了用场，由此开始受了器重。

孙琦宝这人最大的过人之处就是长得俊气，俊到能够让女人看一眼就不忘的地步。而且体格也是相当地好，他年纪不大就先后娶了十一个太太，这十一个太太总共给他生的闺女就有十个之多，而且个个都随他，长相好。

孙琦宝嫁出第一个闺女就和当权的王爷成了亲家，此后一发不可收，靠着姻亲在朝野内外结下了一张庞大的关系网。

这个时候孙琦宝正统兵在山东一带指挥平反，但是赶上灾年起来造反的实在太多，他那点兵根本顾不过来。

遇到这样的情形，孙琦宝的五叔给他出了个主意，既然兵是肯定不够用的，何必要干那按下葫芦浮起瓢的事，干脆按兵不动。不过如果有哪股反贼劫了地方上出名的大户，那就派兵去追缴。

地方上的乡绅富户们很快就看明白了孙琦宝的这个做法，摆明了就是图钱。平时让这些大户捐些钱财十分不易，而这时纷纷主动出钱求他派兵过去驻扎保平安，主动花再多的钱也总比被抢了抄家的好，就算是官家后面追缴了，事后还回来多少也不好说。

孙琦宝见到送上来的钱财则是来者不拒，但是这样一来他只能四处分兵，很快自己手下也剩不下多少人了，连自身安危都快成了问题。

不过这时孙琦宝手里已经敛来了不少钱粮，于是他开始就地取材，打着征募亲军的名义大肆招兵。

对于多数老百姓来说，跟人聚众造反就是为了条活路，说白了就是为了能吃上顿饭，现在能投官军谁还愿意造反啊。

因此许多流民都投靠到了孙琦宝这里，他负责的这一省居然就这样逐渐安稳了许多。为此朝廷不吝嘉奖，还把河北也交到他手里管。

江家那批陵木没出河北就已经被盯上了。孙琦宝动用关系，打听出这家以前有个叫江枢荣的在京城出手极其阔绰，据说这一家几代人从不分家，积攒下了雄厚家资，却没什么过硬的背景。

孙琦宝对江家大有兴趣，特意派了一拨人暗中护着江家这批木材，生怕半路有什么闪失运不到地方。他自己带着一支亲军亲自赶往江家寨，专等着陵木运到那里把罪名给这一家人坐实了。同时，他还招来了他的五叔，打算抄家之后让他把财物直接运回老家去。

可孙琦宝一到江家寨就后悔人有点带少了。

江家寨这村子不算大，但三面平川，一面依山，地势易攻难守。这地势对他来说想打进去容易，对里面的人来说守住不易，但人家要想突围跑出来却是不难。如果要合围的话他带来的人手就有点捉襟见肘了。

陵木一到，孙琦宝还是下令把村子围了，自己带着一百亲兵进去抓人抄家。他是想锁住这个消息，这样的话后面的事情可大可小，全凭他说了算。

孙琦宝来之前就想好了，进江家寨第一件事先把陵木按下，先抓好了这个把柄，但不是一定非要治他们的罪，如果江家人舍得出钱，放他们一马也不是不可以。

但是孙琦宝万万没料到，不要说收缴人家的陵木，他这一百多人还没踏进江家寨就被打了出来。他根本没想到这里的人见了官军还敢动手，而且那些民团家丁极其凶悍，手上的武器噼噼啪啪居然全都是带响的。

江家在地方上没有过硬的靠山，因此必须自己积蓄些实力自保。江家寨总共两百多户的村子，民团就有两百多人，另外养着六十多号护院、十几位镖师。这些人配的清一色都是江三买回来的洋装备，连东洋机枪都有，比当地的官军还要强上好几倍。

这一场打下来，孙琦宝马上就知道自己这点人肯定是不行了。他带来这些人除了一百亲军之外，有一大半都是刚招上来的新兵，打起硬仗来拢住阵场都难。所以孙琦宝急调周边的手下过来支援。

就在这时，江家人主动送来了拜帖。大概意思是说，他们不知道有官军由此经过，现在世道不太平，护村民团时时都在提防着怕被歹人侵扰，误以为是遇到流寇所以才交了手，是误会。现在知道是官军了，他们立即送帖，诚邀将军进村一叙，愿奉劳军之资三百万两，求当面谢罪并议日后广筹饷银之计。

孙琦宝刚吃了一场败仗正在气急败坏当中，收到这拜帖心情略有平复，但是一看到那三百万两立刻又起了疑心。前几年朝廷和法国人打那场仗才赔了八百万两，自己才打了几个家丁怎么可能就有三百万两。

这个数字太出乎意料，而且要是真想送钱赔罪何必非邀他先进村，把钱送过来也是一样，所以孙琦宝根本不想应江家之邀。他觉得这里面肯定有诈，这地方的人胆子太大，很可能就是场鸿门宴，还是召集队伍过来直接动手稳妥，到时候钱财一样是自己的。

孙琦宝的五叔看过拜帖之后马上给他分析了一下这里面的说法。今天打这一仗显然不是误会，明知道是官军他们也敢打，这应该是要亮一下实力，意图是想让你知道，真逼急了我们至少有能力跑，你拦不住。

而赔这三百万两也不是军资，这是给自家保命的钱。陵木的事坐实了就是灭门，消这么个罪名出大手笔不奇怪。而日后的军饷应该是给自家保富贵的，这意思是说你若是不抄家，日后还有源源不断的利益，对大家都有好处，所以才要面谈。反过来看，他们害你一人根本无益，罪名反而直接就坐实了，后面还是死路一条。而如果你直接用兵显然也捞不到多大好处，帖子上"广筹饷银"的意思应该是在暗示你，他们家资钱财不在一处，真正的大户人家哪个不是狡兔三窟。

孙琦宝这五叔的意思是，要赴约，不用怕。

孙琦宝平时听他五叔的话，这时也觉得五叔说的有些道理，但他还是不太想去。江家那些民团家丁太厉害，如果当面发难，自己手下那些人未必顶得住。

五叔知道孙琦宝以前不缺胆子，什么事都敢做，现在官越做越大，人也比以前谨慎惜命了，只好说：江家这主事的明显不是冒失人，到时候我陪你一起去，收了钱我直接运走。到时候你要是还想打再打一次也行。

孙琦宝虽然还是有些担心，但是五叔说到这个份上他也不能不听了。

孙琦宝这五叔叫孙正成，相当于他的半个师爷。孙琦宝的父亲虽是上一辈的老大，但是以读书为主，在家中主事的是他的二叔，而这个五叔则最善于在外经营，家中威望不在几个哥哥之下。

五叔孙正成所料果然没错，江家寨的现银不多，总共只装了不到半车，外加一些珠宝玉器才把车装满，这些都算作给孙琦宝个人的见面礼了。江家人承诺那三百万军资，另附了天津顺通银行的银票。

江家敞开了大门极为恭敬，从头到尾都并没见什么异样，但孙琦宝谨慎，一直都悬着一颗心。

如果收钱谈妥之后直接带着车队走人，也许就不会生出后面的枝节，但是就在众人已经走到大门口的时候，五叔忽然注意到了门边的那口太平缸。

五叔孙正成抵到跟前仔细打量那两只锔上去的蝴蝶，又用手反复摸了摸。孙琦宝也凑过去跟着打量，他们家上一辈都经营古董，这方面孙琦宝虽然懂的不多，但是这种锔补成蝴蝶的图案他却眼熟，自己家里就有一个和这差不多的。

他们孙家传下来的古董器物不少，尤其是瓷器，其中有一个彩蝶功德碗，还有一个梅花蜡瓷牌，据说这两个物件都称得上锔补手艺的登峰之作。

这两件东西历来只传家主，原本是到了孙琦宝父亲手里，但家主的位置后来实际上又到了他二叔身上，于是他父亲就把梅花蜡瓷牌给了二弟，那只彩蝶功德碗一直没舍得。

彩蝶功德碗最绝的地方就是它碎成四片，又由构图成蝴蝶的锔钉拢了起来，不但严丝合缝，而且弹上去还能袅袅泛音。

梅花蜡瓷牌一样也是锔补做点缀，沿着牌上的裂纹钉了四朵梅花锔钉，但它最绝的地方在于瓷器本身的质地，虽是瓷制却如同蜜蜡一般腻润。这瓷牌加上底座有半人高，一直摆在他二叔当铺前堂，楠木的底座上雕着商号的名字"开蕴"。

孙琦宝知道他爹最喜欢这种锔补的物件，而且最近他的太太们正急着四处找锔匠修补家里那个黄釉瓷如意，始终都没找到合适的人，于是就问他五叔：这和家里那个功德碗上的有点像，这手艺还行？

五叔一边摩挲着一边说：手艺算不上精，但他这铜钉有讲究，铜下走筋，丝中设结，手法好像还真是那个门道。这个你爹和你二叔更懂。

孙琦宝听了也不由得伸手去摸，发现锔孔和茬口都是新的，就和江家家主江荣说：这缸我带走了，这锔匠在你们村里？

江荣之前没留意，这时也是第一次看到太平缸上多了个蝴蝶图案，回头又问管家。

"在。晌午还在工地上，两个一起来的都没走。"管家连忙回答。

孙琦宝说：你快去把人找来，这个锔匠我要带走。

管家不敢怠慢，赶紧亲自跑去工地上叫人。过了一会儿管家气喘吁吁地回来说：人都走了，就是晌午时走的。

孙琦宝听了顿时心中起疑：头午我就已经把村子围了，不可能有人能走出去。而正在他起疑的时候，忽然就听到外围起了枪声，听声音就知道这是自己的队伍和人动上手了。

孙琦宝进村原本就时刻提防，这时才刚有些放松警惕，突然听到枪声二话不说就往外逃。他手下的人也顾不上已经装了车的财物了，一路紧护着孙琦宝跑出了江家寨。

孙琦宝的人果然是在外围遭了偷袭，而且一交手就被打得溃不成军，但是这次打他的却不是江家寨的人。

离江家寨不太远有个造反的头目叫曲世武，曲世武一开始是跟着他大哥曲世文造的反。一般人造反多是为了能吃饱饭，曲世文造反一开始就揣着要当皇帝的心思，刚聚起百十号人就已经开始封将军拜宰相。

既然要当皇帝就不能像其他造反的人那样随意乱抢，曲世文懂得民心的道理，穷人是民，富人也是民，都不好乱动，后来只好硬着头皮直接干大的，打劫县衙粮仓。曲世文因此有了口碑，聚了不少人，也因此丢了性命。

曲世武继位后知道了韬光养晦的道理，衙门不能硬碰，但他大哥说了又不能乱抢，于是他就开始四处去借，以后有了再还。普通人家肯不肯借钱借粮，由曲世武说了算，不借肯定不行；大户人家借不借，却由人家自己说了算，不借他也没办法。

不过很快曲世武手上粮就多了，聚起的人也更多了，这时再找大户去借就仗义多了，没多久曲世武手下的人就上了千。

曲世武壮大以后也找过江家寨，他找江家不是借粮，而是想拉他们入伙，想请江家家主当宰相。

二爷江橡荣压根就瞧不起这伙人，也不怕他们，所以根本就没理睬，只是支了些钱打发人，这个事他都没和他大哥江荣提。

因为收过江家的钱，所以曲世武觉得江家有事他不能坐视不管。听说江家寨被官军给围了，曲世武认为拉拢江家的时机终于来了，他不但派了手下几个将军带人倾巢而出，还大张旗鼓封江橡荣做了一字并肩王，广邀周边各路造反的人齐聚江家寨，说替江家解围就相当于勤王。

曲世武那些人打仗虽然不行，但孙琦宝的队伍也强不到哪去，而且围在江家寨外面分得太散，突然遇到袭击一触即溃，跑出三十多里才算稳住，人还跑丢了一大半。

孙琦宝逃出来气急败坏，以为这是江家拉来了外援，急忙又调集大部精锐过来。

而江家这边比孙琦宝更是气急败坏，从上到下恨透了那个曲世武。原本刚刚和孙琦宝谈妥，已经算是保住了江家寨这处基业，但是转头就彻底完了，现在谁都知道他们江家是造反头目的一字并肩王，江家寨这块地方算是彻彻底底保不住了。

孙琦宝召集好人马再次踏进江家寨的时候，江家的人已经一个不剩全都散了，没带走的东西也被曲世武那帮人拿得连根毛都不剩。这个时候林安生也背着林洪全走出了两百多里。

林安生和林洪全俩出江家寨时走的是西边的山路，当时的确是被孙琦宝的人给抓了。

孙琦宝的那点精兵当时都护着他一起进村了，布置在大路上的还有些老兵，守在山上的这队人全是新兵。新兵抓了人谁也不知道该怎么办，一直押着嫌麻烦，带他们回营更嫌麻烦。

因为上头命令说是许进不许出，于是他们一商量就把人又放了，还指着山下说：要么回村待着，要走就去那边走大路，让不让你们出去那边说了算。

林安生无奈只好往回走，刚下山就看到了工地那边堆着刚刚卸车的木料。林洪全远远看到这些木料，又想到有当兵的封山，马上强打着精神说：这木料有问题啊，我以前就是干这个的，用这种木料的可不多见。江家寨肯定是出了麻烦，咱们不能回去，不然怕是真要有大霉头了。

林安生不明白到底是怎么回事，不过他信林洪全的话。这样两人一时只能停在山脚，山上不让走，又不敢下山回村。而转瞬功夫工地外边就传来了枪声，两人赶紧找地方藏了起来。直到午后江家寨里里外外都一直枪声不断乱作一团。

到了晚上村里总算静了下来，林安生没敢再走山路，就在山林里摸着方向一路向西，这才总算是带着林洪全跑了出去。

## 10 哑女林白灵

YANV LIN BAILING

岭西有一个小地方在当地很出名,叫房山村。房山村附近山上出的木头最适合盖房子用,村里人靠山吃山,要么是以伐木为生,要么就是给人盖房子出手艺。在岭西一带凡是建房子几乎都会到房山村进料或者请工。

林洪全他们家在房山村是伐木的。这个活在当地被称为砍山,是有行规的,不成材的木头不能碰,成了材的不能抢。

房山村一带有几家砍山的把头,在山上各有各的地界,村里人无论伐木还是砍柴都有默契,只跟着自己的把头干,干活不能越界。

林洪全他爹就是砍山的把头,因为山上的地盘之争,被另外一伙人给打死了。动手行凶的人名叫王双。王双犯下命案后也不跑,和自己那伙人喝了顿酒,托人给林家送过去十块银洋,最后跟着差人到衙门伏了法。

这王双上有老下有小,他舍命为自己这一伙人出头,按规矩家人他不用担心,以后一直都会有人照顾着,而且会被厚待。

林洪全的大哥名叫林洪严，村里人称林老大。林洪严平日里就爱出头打抱不平，他不欺负别人已经算是安分了，自家遇到这样的事更是忍无可忍。

那王双被判了死罪之后林老大也还是不肯罢休，他和弟弟林洪全说：这个家以后就交给你了。王双那伙人这么干就是想日后在这片地方立个威，立威立到咱家人头上绝对不行，有我在他们就立不起来。

而后林洪严揣了一把尖刀，带了一柄斧头，趁夜到王双那一家去灭了门。老婆孩子还有爹娘一口没留，尸体整整齐齐码在门外，之后林洪严就跑了。

不过林洪严走之前特意去县衙看了一眼那个王双，就为了当面告诉他句话：你们那伙人根本不中用，你家里人我都杀了，他们一个也没帮你保住。

这之后砍山把头的位子按理就要到林洪全身上，两伙人之间的血腥恐怕又是在所难免。然而接连出了两场人命大案，衙门借机就把房山村的山给封了。

县里官家勾结了省城一个大户，山上所有木材只准这一家采，房山村的人从此只能给人家出力拿工钱。然而这个新主顾完全不讲以前那些规矩，什么木头都采，只要能卖钱就砍，没两年山就成了秃山。

林洪全是早就不想继续干砍山的行当了，一进山就会想起他爹和大哥。所以山被官家一封他就离家去学盖房子，后来又和人学了贩驴马的生意。

林洪全贩牲口走着两条线的生意，北边的骡马赶到南边，牲口一出手再挑些地产货物回北边。再后来世道一直不太平，大牲口路上容易遭劫，他就干脆只做货郎的小买卖了。

林安生背着林洪全一路紧赶，横挑着一根扁担还背着林洪全，连续走上半天根本不用歇脚。他是想争取能趁着林洪全还有口气把他送到家，既然帮人就尽量帮到底。

林洪全在林安生的背上是越来越没精神，开始的时候还时不时劝林安生停下来歇歇脚，后来两天水米不进，话也不说了。

林安生这时反而话多了起来，不停地提醒他走到哪了，后面还有多远，要打起精神帮他看看路，不能蔫。这一路上林安生的话恐怕比他之前说过的加起来还多。

又过了几天林洪全忽然来了些精神，林安生以为这是要回光返照了，脚下更是加力连夜赶路。没想到林洪全接着又开了胃口，连吃了两碗稀粥，隔天居然能拄拐了。

等到了岭西地界的时候，林洪全身体算是彻底没事了。这时再有两个多月就快到大年了，林安生见他确实是没事了就想赶紧回去，走快点还不耽误回家过年。

林洪全却是说什么也不肯放林安生走，这时最多再有一天也就到家了，一定要让林安生到家里认认门，说以后你就是我亲兄弟，以后那也是你家。

林安生到了林洪全家多少有些吃惊。主屋虽然不大，但青砖碧瓦，西有仓舍，东有厢房，房后还有一大方菜园子，好好打理的话足够两三口人吃用。

林洪全拉着林安生的手进院。他一边冲院里吆喝：回来喽。一边对林安生说：到家啦，以后这就是你家。我们村子不大，但水土好，离镇子也近，你要愿意，搬这来住都成。

这时从屋里出来了一个身穿蓝袄的姑娘，见到林洪全满脸欢快的样子，对林安生也是一笑。

林洪全笑着大声说：这是林白灵。灵儿啊，快给准备几个菜，一会再慢慢给你们介绍介绍。

灵儿先给他们打了热水，用的是洋瓷的新式脸盆，水的凉热刚好。林洪全又找出一身他的棉衣给了林安生。等林安生打理干净换好衣服，灵儿就端出了一壶烫着的烧酒，桌上已经摆了两道菜，一盘腊肉炒鸡蛋，一盘是凉拌笋尖。

　　林洪全倒满酒说：我要先敬恩人三杯酒，要不是你人善心热，我林洪全这趟就已经扔在路上了。

　　说到这林洪全已经是鼻子发酸声音发颤，举起酒杯一饮而下。

　　林安生没怎么喝过酒，一口辣酒入喉赶紧吃菜。这菜是小灶炒出来的，林安生这些天又没吃过什么像样的东西，顿时觉得美味无比。

　　三杯酒下肚林洪全来了兴致，一边历数这一路的不易，一边夸林安生不但心好，身板也好，要是换作一般人即使有这个心也没这份力气。他说着就又给他倒酒。

　　林安生这时头开始有些感觉，推辞说：我不会喝酒，我爹交代过，出门在外不能多喝酒。

　　林洪全大笑：你家好门风，听你爹的还真是没错。不过这可不是外面，这是咱自己家。你在这随便喝，我看你酒一下肚话也爽快了不少，今天就敞开了喝一次。

　　林洪全给自己又倒满一杯，端起来说：这杯酒就遥敬你爹，有机会我一定去拜访他老人家，给他老人家磕头。你爹，令尊怎么称呼？

　　林安生说：林宏福。

　　林洪全一饮而尽，放下酒杯想了想说：你爹和我都是'洪'字辈啊，咱们姓林的有排字，没准我们两家还是一支的呢，要是那样咱们俩还不好论兄弟啦，我可长你一辈啊。

　　林安生听了一笑，心想自家四处游走早就丢了名字里的辈分，他这名字自己知道，当年在淮安生的所以就叫安生了。

林洪全又说：兄弟也好，长辈也好，咱们这情分最难得。之前那会儿谁都看得出来我是快要断气的人了，兄弟那时肯帮我，那是根本不图回报。现在我挺过来了，这恩情就得跟我一辈子。

说这话时，林洪全掏出一个蓝布荷包，打开了里面有十块银洋。

林洪全说：大恩不言谢，这钱不是谢意，是心意。都是这趟挣出来的，这里有下趟走货的本钱，但是我不想干了，腿脚也不中用了。铜匠这门营生现在越来越不容易，你要是想干货郎，这就给你当本钱，我教你这里面的门道，从哪进什么货，走哪条线利最好，这可都是我自己摸出来的。你要是还继续干铜匠，这钱就留着娶媳妇用，算是老哥的心意。

林安生连忙推辞：本钱你留着吧，你不干了以后可怎么办。

"你不用担心我。"林洪全按下林安生的手说。

这时林白灵刚好端上一盘菜，麻汁淋淋的豆腐，她把菜摆到桌上，又特意挪到了林安生面前。灵儿有一双大眼睛，眸子晶亮，看着林安生一笑。

林洪全笑着说：灵儿这是让你赶紧趁热尝尝，麻汁热油淋的豆腐，这是她的拿手菜。

林安生尝了一口连连点头，他没说话，看着灵儿竖起了大拇指，一边点头一边笑着表示谢意。

林洪全这时说：灵儿不会说话，但是你说的她能听懂。

林安生听了这话不禁又多打量了这个林白灵一眼。灵儿知道在说自己，笑着回了外间厨房。

林洪全介绍说：灵儿是我大哥的孩子，她爹走的时候孩子得了场病，之后才不会说话的，不是天生的，咱们说话她都能听见。

林安生看着灵儿的背影点了点头。林洪全又继续刚才的话题说：你不用担心老哥我，本来也不打算长干啦，现在腿脚也不行了。我自己的后路都准备好了，你看我这一路上过得紧吧是吧，你不用担心我。

林洪全这时转身从柜里摸出来一个匣子，掀开来神秘兮兮地给林安生看，里面有六条红纸包的银洋，少说也有二三百的样子。

林洪全合上匣子说：灵儿她爹，我大哥走的时候把孩子托付给了我。这孩子不会说话，我也不能照顾她一辈子，你看我平时过得紧吧，我就是想给灵儿多攒下点儿，我能多攒下一文，她以后就多一分保障，这样我才更安心。

林洪全又笑着低声说：灵儿在我们这地方可不一般哦。小时候我送她去庙里待过两年，实际多数是待在她姥娘家，再回来村里就都知道这孩子跟着庙里的师傅修出了灵气，懂得给阴宅阳宅调和风水，这村里没人敢欺负她。这些年就还差一个心愿，给她找个好人家。

林洪全又端起杯子说：我看兄弟你不错，我就直说了，当初第一次见面就觉得你不错，觉得你们俩合适。你要是愿意就给灵儿当女婿吧，这家以后都是你的，当然你领她走我也放心。你要是不愿意也不打紧，那算灵儿她没这福气。

林安生这时刚好看到灵儿又端了一盆鸡肉过来，这是最后一道菜，灵儿端上菜就站在一边笑着看他们。林安生看着这姑娘就有一种好感，知道她不会说话更觉得亲近。

林洪全对灵儿说：忙完了我给你们介绍介绍，这是林安生，他比你大一岁。你安生哥是手艺人，心地好体格也棒，和我是过命的交情。

林洪全这时已经上了醉意，话比平时还要多，他摩挲着酒杯说：灵儿是我大哥的孩子，我没儿女，就把她当亲生的。你看我们家灵儿怎么样？

林安生这时也已经上了醉意，使劲点了点头说："好。"然后又眼巴巴看着林洪全说：我还得先和我爹说一声。

林安生走的时候，林洪全拄着拐足足送出了五里路。林白灵跟着林安生又走了五里路还是没有要回去的意思。

林安生比画着房山村的方向说：回去吧灵儿，不能再送了。

灵儿却还是不想回去，林安生走一步她就跟一步，到后来林安生只好干脆停下来。灵儿这时指着不远处的一道岭，笑着对那道岭点了点头。

林安生能明白灵儿的意思，就说：好，就送到那道岭，你走太远了我也不放心。

林安生以往话少，开口常常也只是蹦几个字出来，但是面对这不会说话的灵儿反而话多了起来，而且开口总是能连成句。

走到了岭上林安生又说：回去吧灵儿，别让你叔惦记。

灵儿这时也不走了，她掏出一个蓝布荷包，伸直了双手递给林安生。

这荷包林安生认得，里面有十块银洋，这里有货郎下趟走货的本钱，昨天林洪全就非要给他，说是要么给他当挑货做生意的本钱，要么给他日后娶媳妇用。

林安生这时还是没有接，灵儿就直接塞到了他手上。

林安生再要推辞，灵儿却忽然急了，眼睛里竟还泛上了泪光。林安生可从没遇过这场景，见了顿时手足无措，哪还敢再推辞。

林安生攥着荷包说：我收，我收了，你别急灵儿。我一定会回来，这钱放你这保管好，这荷包我带着。

林安生收起荷包下了这道岭，灵儿就一直站在岭上望着他。

以后林安生每次回头，灵儿都站在那道岭上，冲他挥挥手。

# 11 / 报应

BAOYING

　　和许多闯关东的移民一样，林远图的父亲林安生也常常会在后人面前提起自己这一家当初是如何千里迢迢如何一路历经波折来到这关外的。

　　林安生的回顾往往都是从他在河北被抓了壮丁开始，而后是在天津不顾性命跳下铁皮火车，而后是自己拖着瘸腿走了半个多月才找回了儿子。

　　因为自己被抓了壮丁，所以和媳妇走散了，之后为了寻人才带着不满周岁的儿子林远图一路出了山海关。当时他自己也没想到，这一去就是以后的一辈子。

　　每每这时候，林安生心里都会不由得想到佟爷那个人。佟爷是他的贵人，虽然只有一面之缘，但他心里一直都记得。

　　林安生遇到佟爷的时候，佟爷正在为情所扰。

　　佟爷这人算得上命犯桃花，在尚阳镇上说不清有过多少大姑娘少妇人对他倾心示好。不过佟爷这人面上豪气洒脱，实际高冷得很，对这种事向来不为所动。直到白棋花向他开了口，佟爷心里终究还是起了波澜，而且五味杂陈。

白棋花话也算直接，开口和佟爷说她现在就想要个孩子。言外之意是你娶不娶我都不打紧，只图上了那一层关系。她这话像是随口说的，不过说的时候拿捏了姿态，声音还特意放低了些。

佟爷不是不解风情的人，当然明白这话里什么意思，暗示如今已经变成了明示，他也已经不能再继续糊涂下去了。

佟爷这些年讲因果信报应。他早年最重义气，身边就遇到许多过命的兄弟；他自己爱帮人够仗义，后来遇到再大的事也总有出路。而他原本一个劁骟匠出身，来到他身上的报应，就是难与人言的一番苦楚。

佟爷原本不姓佟，以前大名张天辰。叫张天辰的时候他是以劁骟为业，手艺是家传的。有句古话"双手劈开生死路，一刀斩断是非根"，这话说的就是他们劁骟的行当。

劁骟这个活，一般男人见了要么是觉得裆中发凉，要么就是胯下一紧，许多女人是连看都不敢看，既感到害臊又觉得不忍。

劁骟这事说来也算出奇，无论是什么禽畜，也不管是公是母，只要是彻底断了那方面的念想，后面都会变得本本分分。就那么一刀下去，以后要么安安心心吃食长膘，要么老老实实出力干活，而要是留着这么个念想就怎么都不好管束。

张天辰十四五岁的时候就已经很不安分，时常在外闯祸还不听家人管束，那时他爹就常念叨：要是哪天我把你给骟了，你就安生了。

张天辰有个发小名叫田中玉。张天辰胆子大不怕惹事，而这田中玉比他更甚，不到十六岁就惹出人命下了大狱。

田中玉入狱后和一群歹人关在一起，其中地痞无赖盗贼恶霸什么样的都有，他年纪虽小但脾气胆气一点不小，和这样一群歹人关在一起也丝毫不让人，没几天就在里面落了一身伤。

张天辰和田中玉关系好，他知道这兄弟硬气，向来最容不得欺负，如今他剩下的日子应该是不多了，最后一程也不能让他委屈了。不过他思来想去也没想出什么办法帮他，最后竟然弄了由头主动去投监，为的就是到里面和兄弟抱个团不受外人欺负。

当时的大狱里正关着当地的一个重犯名叫乔头，乔头是带绺子的土匪头目，一颗脑袋在外面就值五百块，下得大狱已是逃不过一死了。

这乔头见张天辰如此义气就放了句话，说这两人是他乔头落难时认下的兄弟，谁要是不长眼敢动他兄弟，以后就算自己不在了，也有人扒他全家一层皮。

乔头的外号就是"乔扒皮"，他那伙绺子的人不少，在黑山盘踞多年，灭门的事和扒人皮的事都有，因此就算他这时身陷牢狱也没人敢拿这当空话。

就因为乔头放出来的这句话，张天辰从牢里出来之后也没人敢招惹他，后来在整个北沿江一带都有了些名气。

而那乔头后面也并没有死，他没再回绺子当土匪，而是拉着自己那伙人从了军，算是招安了。从此张天辰算是和兵家也搭上了一层关系。

张天辰干的劁骟这一行虽然收入不错，但毕竟是整天和禽畜打交道，而且经手割下来的都是禽畜的物件，因此再怎么说都沾着腌臜，收入再好也算不得入流的行当。不过他却在这一行里干出了体面。

因为张天辰为人仗义不吝惜，很快在军中上下结交了不少人脉。有了军方的关系，他后来就只骟马，其他禽畜一概不沾，骟马也是只接军马，在马身上的手艺越来越精。

再后来张天辰经手的营生越来越多，不过本行始终没有丢，一直都给自己挂着劁骟匠手艺人这层身份。大概也就是这层身份，后面给他招来了一场灾祸。

劁骟匠这行当有个额外的好处，他们每天割下来的那些东西在有些人眼里就是一种宝贝，别人想尝个鲜还未必弄得到，他们想吃却几乎天天都有。

在民间有个说法，说是吃什么补什么。传说张天辰从小就吃他们家割下来的那些东西，因此他自己那东西就比一般人超大超长。

对于这种传说张天辰自己并不忌讳，不过是一笑了之的事，不过这多多少少还是给他带来一些影响。这种说法一传开，本分一点的女人一见到他就会觉得羞臊，没那么本分的女人见了他也会脸红，还有一些女人则是见到他就会觉得浑身发热。

胡团长的三姨太就是一见到张天辰就会浑身开始发热的那种，见不到的时候，想一想甚至都会有些亢奋。

这个胡团长带兵打仗是把好手，称得上能征善战。不过打仗这事他根本不爱干，能躲就躲，能逃就逃，他平时最上心思的事就是三样，捞钱、喝酒、收女人。

多年下来胡团长敛入囊中的钱财不少，揽到怀里的女人也不少。能被他收到家里当姨太太的女人个个品相不俗，而这三姨太又是最特殊的一个，多少年来一直最受宠溺。

据说这三姨太是胡团长以前从他一个上级长官那抢过来的。当初两人私下里沾过几次那层关系，三姨太主动对他说：男人我最喜欢你这般威武豪气的，你要是真喜欢我，那以后我就挑明了跟你了。

胡团长常自诩有色有胆，他没想到这女人居然比自己还有过之，心中顿时生出几分相惜之情。然而他那时还只是个杂牌的营官，最多相当于官军中的把总。而三姨太的那个男人在他上面要高出好几级，纵然是动了几分真性情，但是偷偷的还可以，挑明了却还是不敢，何况女人多的是，因为这种事犯上终究还是觉得不值。

可是自从和三姨太有了那几番云雨之后他就彻底放不下她这个人了，到后来甚至开始对其他女人完全提不起兴致。最后胡团长把心一横，干脆率性收了这女人，为此他拉出自己的队伍改投到了北沿江边境。

正是因为到了北沿江前线，胡团长才遇上几场阵仗，有幸立下几次战功，一路晋升当上了团长。胡团长因此就觉得这三姨太是他命里的福星，无论走到哪都要带在身边。

张天辰和这胡团长之间是既有利益往来又有私人交情，经常会住到胡团长这处营里。每次只要他一住进营地三姨太就会有点受不住，常常是有种泛滥成灾的感觉。

三姨太对张天辰试探着从暗示到明示，甚至有两次把身子都给贴了上去，可是她的好事却一直都没成。

这三姨太堪称一个天造的尤物，个子高挑腰身有致，身上活力四射，大概还有些许外族的血统，脸庞略现棱角，眼神中不经意间自带着招惹。

张天辰并不是不为这等姿色所动，他在男女这方面也不是多么本分，反而早就是名声在外。正是因为身边的女人不少，所以他才堪堪把持得住，而且那胡团长和他无论什么场合都是兄弟相称，兄弟的女人就算再好，他也觉得犯不上动这样的忌讳。

也正是因为张天辰身边的女人不少，恰恰彻底招惹到了三姨太。她知道张天辰这人是有色心也有色胆，却唯独因为义气就对自己无动于衷，三姨太觉得自己的姿色受到了折辱。几番试探之后，积郁在三姨太肚子里的那股欲火终于烧成了怒火。

那年快入秋的时候，胡团长即将换地驻防。去的地方根本不远，但他平日就好喝酒，有了这个由头周边给他摆酒辞行的宴席连日不断。

这天胡团长弄了一对熊掌，招呼平日称兄道弟的几个朋友到他家里，算是回请，其中就有张天辰。

酒席散后，三姨太忽然跌跌撞撞来和胡团长说：你交的那是个什么兄弟，他就是个牲口，刚才对我动手动脚，还用他那东西顶了我的肚子。她哭哭啼啼着数落的就是张天辰。

胡团长也知道张天辰在这方面的名声什么样，平时两人还经常拿这种事互相调侃，但没想到他居然会把这种事搞到自己头上。

看着三姨太的惊悚和委屈，胡团长顿时火气上蹿，当即令人把张天辰给绑了回来。

张天辰被捆在马桩上一时是有口难辩。非分的举动刚才确实是有，可那是你家三姨太主动蹭上来的，自己当时可是躲都躲不及。不过这话他又不能说，说出来不管是谁主动这档子事可都算坐实了。

胡团长借着点酒劲不由分说先亲自动手抽了一通鞭子，然后又掏配枪就要毙人。

抽鞭子的时候旁人不好拦着，但掏出枪来就有人要劝了，说天辰兄弟平时最重义气，绝不会干这种事，说他就是酒喝多了一时不清醒，是酒后糊涂了。

胡团长被人拉扯着终于收起了枪，但他还是在张天辰的裆上狠狠踢了两脚。而后气呼呼地说：你一个劁匠，枉我一直和你称兄道弟。我比你喝的还多，我怎么不糊涂？我今天得让你长长记性。

说完胡团长又狠狠地补了要命的一脚。

## 12 / 复仇

FUCHOU

张天辰这人最重体面，在整个北沿江一带也算是有头有脸，当众抽他的鞭子，而且还是因为这种事，冤或者不冤不论，这就相当于是当众在抽他的脸面。

张天辰的身上出了这档子事，他的一个兄弟刘进喜最先坐不住了。

这刘进喜是胡团长手下的一个副官，他还有一个弟弟叫刘进常，也在这军中，负责军需和物料，军马这块也是归他管。这兄弟俩都和张天辰交情不浅。

刘进喜这人带兵不行，但是一心当官，最大的本事就是舍得打点。为了弄钱上下打点，他甚至连手上的枪都拿去卖，而且不是小打小闹一支两支地卖，他带的队伍里至少一半的人连条枪都没有，全被他私下拿出去给换钱了。

当初刘进喜当上营长全靠张天辰给帮的忙。张天辰明里的营生是骗马，暗里一手替土匪销赃，一手帮官军敛财，单单是每年经他手倒卖出去的军马就不少，因此在军中结交甚广。

当时为了刘进喜当营长的事,张天辰不仅帮忙动了关系,还掏了自己的腰包。两人是在那之前就结下的交情,再后来还拜了把子。

有一年过年前,张天辰到刘进喜的营里喝酒,顺便还带了一车山野年货。进院就见门前大树上捆着俩人,张天辰随口一问:大过年的这是咋啦?怎么还绑你自己院里了。

刘进喜有些垂头丧气地说:逃兵。本来直接毙了就完了,胡团长非要拉到我这来示众。

在新军当中其他的事或许可以睁一只眼闭一只眼,唯独在逃兵这个事上是绝对不容的。而且各路军方都有这种默契,对当逃兵的人势必要各地通缉追拿到底,一旦抓住立即就地枪毙。

绑在刘进喜营里的这两个人并不是他队伍上的兵,人也是胡团长那边在城里缉查时拿住的,原本是该在团里直接毙了。但是因为刘进喜这个营平时出的逃兵多,胡团长就下令以后所有逃兵都送到他这来先示众再枪毙。

这个事本来就让刘进喜觉得脸上无光,而让他更加丢人的事还在后面,这俩逃兵绑在他大营里居然又给逃了。刘进喜没敢声张,发动了全营才好不容易又抓了回来。

刘进喜也向大树上看了一眼说:这次兄弟是真丢了大人了。谁知道这两个小家伙练过武,一般捆法还捆不住。咱们看看练过武的到底能练出多大的本事,枪子儿我给他们免了,就看这数九寒天几个时辰能把练过武的人冻死。

刘进喜转头又对张天辰笑着说:不过这俩人功夫还真是行,又能跑又能打。我全营出去才抓回来一个,还是人家踩了山里的套子陷住了,另外那个是回来救人才又按住的,也真是个不要命的啊。身手是都不错,毙了有点可惜了,不过现在逃兵严管,放到哪都是个死。

张天辰说:年纪都不大,还真是好样的啊。这大过年的让我赶上了也算是个缘分，你营里的规矩我不坏。

说着话，张天辰解下羊皮大氅，走到树下给一个裹上，又脱了自己身上的棉袄给另一个套上。

酒喝到半夜，张天辰又出来一趟看这两个人，还特意带了两杯酒出来。张天辰说：你们这小哥俩重情义，宁死不弃不离，难得。要是不死的话，老哥我还真想和你们拜个把子称兄弟。不过只要遇上了怎么说都算一场缘分，就算冻死在这了，我给你们兄弟俩操办后事。

刘进喜也是跟着张天辰一起出来的，听了张天辰这话就说：大哥说要在我营里和人拜把子，没提带上我是看不起我怎么的？我可是早就有这意思了。大哥刚才的话我听明白了，我刘进喜的营里，规矩永远大不过兄弟情义，既然大哥都要和人拜把子了，而且死活你都当兄弟，那还在这冻他们干什么啊。进屋一起喝酒。

刘进喜当上副团长之后对张天辰还是格外敬重，一口一个大哥。如今张天辰身上出了这么个事，刘进喜最知道自己这大哥冤，他深知三姨太这女人是个什么操行，因为他自己和胡团长那三姨太就有那么一腿。

刘进喜这人心思都在当官上，按说团长的女人他绝不敢动，但是团长家的姨太太他也绝不敢得罪。因此三姨太对他主动示好的时候，他把持回避不敢胡来；但三姨太稍动愠态他又不敢得罪，所以最后稳稳被人家拿捏上了道。

三姨太身上确实是有些过人之处，天生一副勾人情欲的好皮囊。有过一次之后，刘进喜确实也感到有点欲罢不能，不过他色胆没那么大，此后一直都是心惊胆战，毕竟和胡团长的姨太太搞这种事风险实在太大。

在胡团长这里当兵，不管当兵的还是当了官的，他说毙就能毙，死个人都不用编理由。因为胡团长的驻地临着北沿江，再往北的地方已经都被毛子给占了，他的驻地就是边境，想说有摩擦随时都能说有。所以自从和三姨太有了那层关系之后，刘进喜这个团副整天都当得提心吊胆。

张天辰这个事一出，刘进喜再也坐不住了，他觉得这种事总有一天也能轮到自己头上。

刘进喜知道张天辰肯定不能善罢甘休，他这大哥平时吃点亏可能不计较，但为人最重体面，当众抽他鞭子，这就相当于当众抽了他的脸面。这大哥自己的命可以不要，但是自己的颜面却不可能不保。

刘进喜和张天辰说：我知道大哥肯定咽不下这口气，这个时候当兄弟的绝对不能在一旁眼看着，大不了这个团副我不干了。

刘进喜这话直接说进了张天辰的心里，而且这些年张天辰也信得过他这个兄弟。

张天辰听了他这话就说：这口气，搭上命我也肯定不能咽下去，这时候就只能麻烦兄弟们一次了。我已经找了黑山的田中玉，等我身子好点了就让他带人过来。到时候没准要你帮着给策应一下。

黑山田中玉，刘进喜也知道这人，那是当初有了两杆枪就敢硬捅地主家炮楼的狠人。

刘进喜说：我这边肯定没问题。不过中玉兄弟终究是这片地头上的人物，这事让他带人干后面可能有点麻烦，以后也不好守住口风啊。

刘进喜接着又说：大哥你是没想起来咱们拜了把子的那两个兄弟吧？那哥俩远走到辽西，后来当了胡子。大哥你可能不知道，他们是拜了铁星寨的大当家做师傅，名号虽然现在还没有，但是跟了铁星寨那个当家的，武艺可是更甚了。而且铁星寨好手肯定不缺，又都是远处的生人。这个事不用大哥你开口，我给这两兄弟传个信，就说咱们大哥现在有难，这哥俩知道了肯定不能不管。

张天辰听了连连点头说：这两兄弟行啊，还是你想得妥当。这个时候只能麻烦兄弟们一次了。

刘进喜的确是把这个事的前前后后都想了个妥妥当当，但是他怎么也没想到，铁星寨出来的这哥俩的本事大有长进，而且杀人盯梢在这几年是专门练过的，根本就没用他帮着做什么安排策应，两人悄无声息地来，暗中踩过点就把胡团长和那三姨太一起都给灭了。

更让刘进喜没想到的是，铁星寨这哥俩动手时还带上了张天辰，这是张天辰主动提的。张天辰不但亲自下了手，还当场留了自己的名号：正清雪耻，杀人者张天辰。

原来张天辰挨了胡团长那几脚之后留了个要命的病根，这话他不好对外讲。蒙了一场不白之冤，又落下个要命的隐疾，他是根本就不打算这么继续活了，只要报仇，不惜抵命，而且他要堂堂正正报这个仇，就算死也要落个磊落。

不过事发之后张天辰立刻又有点不想死了，仇已经报了，仇人也都没了，心结就豁然开了。虽然身上落下了这么个病根，但现在要是能活着又何必非要认罪赴死。

于是张天辰打算离开北沿江远走，临走前悄悄约了几个知心知近的兄弟，算是辞行。

刘进喜是极不忍心看着张天辰远走的。他这大哥在北沿江一带结交广，平时体面惯了，一个人到外头隐姓埋名不知以后要遇到多少委屈。不过实在也是没其他办法，杀团长这罪名根本压不住。

黑山田中玉这时也在，田中玉说：天辰你要是不嫌弃就去我们那，日子虽然没外面滋润，但是没什么愁事，那边兄弟也多。

张天辰笑着说：兄弟我心领了，不是怕你那里苦，就怕我这罪人现在去了,你那绺子就保不住了。

　　这时候刘进喜的弟弟刘进常看了看刘进喜说:哥,我忽然想到了一件事,没准能给咱们天辰大哥谋个好去处。

## 13 / 边门

BIANMEN

胡团长的三姨太有个表哥名叫佟山尊。据三姨太所说，佟山尊是个旗人，当年在锦口老家的时候他们一家没少靠这表哥帮衬。现在表哥家境越来越不行了，三姨太就非要让胡团长给她表哥在北沿江这边谋个差事做。

刘进常介绍说：胡团长担心三姨太和这个佟山尊的关系可能不清不楚，他也知道三姨太不是安分人，这人是不是她表哥都不好说，于是就让我趁着去锦口那边办军需的时候过去查查。

一开始虽然也没问到什么，不过很快我就能确认，这个事三姨太肯定是没和胡团长说实话。因为那佟山尊虽然是旗人，但他家早就是个破落户，也没什么其他亲戚，不管他是不是三姨太的表哥，当初都不可能帮衬三姨太他们家的。

后来我又查到了三姨太娘家早年住过的地方，在那周边一打听才知道，三姨太她娘出嫁前有过一个相好的，过了门之后整天挨打，据说打得很惨，所以当年他们这家在当地几乎人人都知道。

三姨太的娘接连生了三个孩子都是闺女，在家挨的打就更甚了。这家的大闺女后来很出名，名叫万玉女，外号万人迷，也就是咱们胡团长的三姨太了。

万玉女身上早早就显出了美人坯子，十几岁时就引得城里不少地痞混混没事就聚在他们家那条巷子旁，只为看这万人迷几眼。混混多了就不安生，连这片地方都跟着受了牵连。

当时周边的人都觉得万家这大闺女最好早点出嫁，这样的闺女早点出门早省心，留在家里不安生，没准出什么样的乱子，早点嫁了定能许个好人家。但是也不知道为什么，那闺女却一心只认上了佟山尊。那佟山尊不但已经娶了媳妇，而且家穷，他那媳妇是个病秧子，为给媳妇看病，连家里的老房子都卖了一半出去，也不知她是看上了人家什么。

刘进常说：那个佟山尊的确是三姨太的表哥，不过也是相好的，而且不是暗中相好那么回事。据说，那时候人家那媳妇只是病重，人还没死呢三姨太就非要嫁过去当续弦。但是她家里肯定不答应，就算生米做成了熟饭都不行。

后来三姨太是被绑着送去一个老都司家里做小妾，不过这人年纪可是不小，再后来据说是这人的弟弟又收了三姨太，也没什么名分，跟他随军之后就再没消息了。

刘进常笑着对张天辰说：佟山尊那人我见过，和咱们天辰大哥长的那是非常像，身材魁梧，长相硬朗，一看就对三姨太的口味。

这些事我都没和胡团长说，而是先告诉了我哥。三姨太托我哥发过话，所以我回来一句都没乱说。不过咱们胡团长多疑，最后也没给那个佟山尊安排到咱们北沿江这边，而是在辽西那边托人帮他找了个差事。

刘进常又说：不得不说，三姨太在这个佟山尊身上可是真用心了，虽然明知道不是安排到咱们北沿江这边，但三姨太还是没少下功夫。为了这事，胡团长和她都没少出钱，最后给他找的是边门上的一个差事，绝对是个肥差。

后面跑腿的事都是交给我干的，佟山尊任职的文书就在我手上。我是想，这么个肥差，不如就让咱们天辰大哥顶那佟山尊去用了吧。

刘进喜听了弟弟刘进常的话连连点头：是有这么个事，这事行得通啊。现在胡团长和三姨太都没了，这事就没几个外人知道。那个佟山尊也没人见过，有了文书就好办，那可的确是个好差。现在唯一的麻烦可能就是佟山尊本人了。

说到这，刘进喜对视了一下黑山田中玉，田中玉马上说：佟山尊那边放心交给我，以后这世上就只有我兄弟这一份佟山尊。天辰你就安心带着文书去边门上任。

所谓的边门，说的就是柳条边上的一些个交通要塞，而这柳条边说起来就相当于满人后院的一道篱笆墙。

当初满人入关没多久就在中原平定建统，但是对于能不能坐稳这片江山，出自东北的这一族却还是欠缺那么一点自信。尤其是还有元朝的先例在前，没准什么时候自己也可能再回老家。

为了给自己这一族留条后路，满人的皇帝就下令在东北老家地盘上修起了一道屏障。这就好比是给自家后院围上一道篱笆墙，前庭可以任人往来，但是后院却不能由着外人随意涉足。满人给自己老家圈起来的这道屏障之内，无论你是蒙人还是汉人，不经许可都不能随便进。

这道屏障大体是用土堆起来的土堤，不宽也不高，相当于是一条界标，私自过了这条界就等于犯了王法。因为土堤上面每隔几米就种一棵柳树，所以就被称为柳条边。

柳条边总共将近三千里，一头连着前明修筑的山海关，一头延伸到东北腹地亮甲山，当中隔上一段会建一座边台，交通要塞的地方还修了边门。

每处边门都设了边门衙门，这衙门必须由满旗和汉旗的官员统领，不是旗人不用。下面又设兵丁和台丁负责通关防务和维护修缮。

对于普通老百姓来说，衙门不分大小，里面当差的都是官爷。边门衙门里的人无论什么职务，周边百姓一律称呼他们"边爷"。

佟山尊上任的这处边门有些特殊，是所有的边门当中最兴盛的一个。

这段柳条边乃是皇太极亲自下令修的，北面是蒙古，东南是盛京，东北方向就是满人起家的腹地，盛产人参和贡品东珠。因此这段柳条边最受朝廷重视，兵部、户部、内务府年年要来查验，就连大清的皇帝都亲自来过好几个。

这处边门兴盛的真正原因并不在于此，而是因为它的旁边守着一处聚宝盆，就是官场上人尽皆知的尚阳堡。

清朝刚建统的时候就有"尚阳流人"一说。"流人"说的是流放的重犯；"尚阳"说的就是这尚阳堡。尚阳堡实际上就是一座大监牢，与其他监牢不同的是，能流放到这里的全是朝中的重罪高官，品级不够的根本没资格来，轻罪的也不会流放到这。

据说，这尚阳堡就是高官炼狱，是一个让朝中所有权贵闻之色变的地方。无论之前是做到了多么大的官，只要流放到了这个地方，受的待遇连奴隶和畜生都不如。

实际上"流人"在这里最大的噩梦不过就是要干些重体力活，每年主要的任务就是维护柳条边。然而让这些平日里养尊处优的人出重体力实属是为难了他们，而且同样难为了边爷们，单靠这些人干活，每年的任务根本没法交差。

对牛马加鞭可以让它们使出力气，但是对鸡鸭再怎么加鞭也是无济于事，何况在这些人的身上又根本下不去鞭子。这些人虽然自己失了势，但身边大多还有家人、有根系，有些人在这关上一些日子很可能又复了官身。

因此，硬逼着这些失势的权贵出力干活肯定行不通，不过让他们出钱却是皆大欢喜。边爷们乐得用上像样的劳力，"流人"们多数又都不惜钱财，于是逐渐默许他们出钱雇工代替自己干活。到后来，连雇工的事都不用他们去亲自料理了，流人只要出钱即可，其他全由衙门里的边爷一并代劳，雇多少人、出什么价全由边爷们看着操办。

因为尚阳堡地处边塞，雇人并没那么容易。这周边不但人烟稀少，而且每年开工大多是在农忙时期，所以能到这里出工的只能是流民。

但是由于朝廷对关东封禁，流民一旦过了这道柳条边就是犯了王法。所以就只能是边爷们亲自到关内拉人，要由他们亲自带着才能名正言顺通关。

这样一来，边门附近逐渐聚来了一些专门替人代工出劳力的移民，后来被称为"吃边饭"。因为流放到尚阳堡的那些人普遍有钱，而且身陷囹圄更不吝惜用钱，所以在这里吃边饭的收成不错，工钱足以养家，许多人来了就不走了，拖家带口彻底安顿下来。

日子一久，沿着柳条边逐渐聚出了一些个村落集镇。尚阳堡所在的这处最为兴盛，被称为"尚阳镇"，实际上官家从来没设过这个建制，还是只有边门衙门。

柳条边之内的这片土地一封就是百余年，直到满人的统治危机四起，这道后院的篱笆才开始松动。这时关内饥荒民乱不断，不顾禁忌跑来吃边饭的人开始越来越多，边爷们再也不用亲自跑到关内去拉人了，而边门上的劳力也就不像从前那么值钱了。

再到后来大清国又是内忧又是外患，满人已经根本无暇顾及自家这处后院了。昔日柳条边内外开始任由蒿草恣意丛生，许多以吃边饭为生的人只能开始转行另谋出路。

转行可能是一件让人挣扎的事，但所有谋生的出路就是在这种挣扎中被一条条走出来的。安分守己的人可能找个地方开荒种地，或者是当上了长工佃户；脑子灵光一点的可能开始做一些买卖，或者是学上一门手艺。也有愿意投机的人继续北上探矿挖参；还有不少胆子大的纠结起来聚成绺子，豁出命去做上了无法无天的买卖。

佟山尊来到尚阳镇的时候，边门的光景早已经由盛转衰，不过尚阳一带毕竟已成规模，虽然不比以往兴旺却也不至凋落。

在这里佟山尊一改以前的马裤长靴，换上了锦缎长衫。他每天以养马驯犬为乐，闲来就品茶下棋打发时间，手里终日把着一只手捧壶。镇上人都尊他一声边爷，相熟的口称佟爷。

佟爷到了尚阳镇的第五个年头，镇上忽然来了一位美貌的女子。这女子一到镇上立即引得无数男女老少侧目驻足，不少人甚至像看秧歌花鼓一样尾随着一路观瞧。

佟山尊第一眼见到这女子也不免心头一振，隐隐觉得似乎有着几分相熟的眼缘。稍加端详猛然想起了当年的那个万玉女，也就是胡团长的三姨太。

这女人和万玉女都堪称绝色，虽然样貌有别，但身上泛涌的风情却大有几分相似。只不过那万玉女身上的风姿更惹人情欲，而这人身上的韵味更引人遐想。

女人名叫白棋花，她到这尚阳镇恰是为寻佟爷而来。白棋花人如其名，不仅貌美如花，还下得一手好棋。她下棋只执白子，习惯走后手。

白棋花来到尚阳镇的那个晚上，佟爷寤寐游离，心中泛过好一片过往。到了深夜，他竟忽然感到身上多年的隐疾似乎有了隐约的萌动。骤然惊觉才知道终究只是辗转间的一抹浅梦。

# 14 / 离散

LISAN

　　林安生来到尚阳镇的时候，大清已经改朝换代了，所有的边门衙门都已经裁撤。尚阳这个地方因为人口多，所以昔日的边门衙门改成了地方衙门。

　　实际上"衙门"这个说法也已经不存在了，这时的名字叫作"尚阳镇公所"。不过当地老百姓还是习惯称之为"边门"或者"衙门"，对里面的长官还是称呼边爷。

　　自从林安生离家自立门户之后，日子就一天也没好过。天灾、兵乱、蝗虫、瘟疫，短短一年时间里居然全都被他赶上了。这一年不要说是他，就连高高在上的皇帝都招灾让了位。

　　当初林安生和他爹说自己要娶个哑巴当媳妇，他爹老林顿时坚决反对。要是换作以往，老林一定毫不犹豫就答应下来。不过当时的情况不一样了，老林已经花了两个铜圆给儿子买下了个媳妇，人就在家里，这是现成的媳妇。人家身子健全、手脚麻利，而且模样身段也都算说得过去，所以这时候绝对没理由再娶个哑巴。

老林听儿子林安生说了这个事，当即一口否决。不过在这个事上，老林很快又改口了。

林安生当时对老林说：哑巴怎么了，你从来也没嫌弃我娘不会说话啊。我和那姑娘投缘分，第一眼就看上了。她和我也投缘，她虽然不会说话，但我能看出来。

老林听了林安生这话就有点吃惊。他这儿子他自己知道，因为小时候那些年总是跟着自己的哑巴婆娘，孩子没事不用说话，有事也全靠比画，一度都以为这孩子又成了哑巴。后来虽然他是能说话，但习惯却是落下了，有事还是靠比画，偶尔张次嘴也就是蹦几个字出来。老林劝了好多年都没什么用，整话只是偶尔才挤出一句半句，平时还总是那个样子。

从小到大，老林这还是第一次从儿子嘴里听到这么完完整整的一番话。老林不由得在心里又品了品，确实是第一次。自己多少年教不会，也劝不动的毛病，居然被一个哑巴姑娘给治好了。

听到儿子林安生一连说出这一番整话，老林就知道儿子这是真动心了，这个事就不好强劝了。

他一向认为娶媳妇这个事完全就是看命，遇到哑巴姑娘是儿子的命，家里来了这个杏儿也是儿子的命，那就看他自己命里的缘分吧。

老林叹了口气和儿子说：那个哑巴姑娘的事，我不管了，你自己做主。杏儿这边的事，我也不管了，全由你自己做主吧。不过人已经进了咱们家，而且是我领回来的，要给人家个什么交代你自己看吧。

老林接着又说：不管你是什么打算，家里今天已经备了酒，原本打算你回到家，吃顿酒，这亲事就算给你办了。今天这喜酒还是一定要吃，吃了这顿喜酒，就算是我把亲事给你操办完了，爹就算是尽了力了。后面的事全看你自己，杏儿这头给个什么话也是你和人家当面说。

然而等到了真的和杏儿面对面的时候，林安生却是怎么都开不了口了，不是有什么话说不出来，而是当着人家姑娘的面儿根本不知道说什么，脑子里一点主意都没有，思来想去还是一片空白，不知不觉酒就喝多了。等他这顿喜酒醒过来，喜事也已然成了。

自从林安生娶上媳妇之后，日子就一天也没好过，实际上在他成亲之前西边已经大旱，南边已经起了兵乱，据说北边又发了场大水。有点经验的人都知道，大旱过后过蝗虫，大水之后生瘟疫，这年景着实是让所有穷苦人都跟着揪心。

林安生成亲没过多久，他爹老林就单拉着他说了两个事。

老林说：方圆百里养不活两个铜匠，这行话不是没道理，赶上这样的年景，就更不用提了。唉！

说到这老林重重叹了口气：你娶上媳妇就要自己顶门户了，你们出去过吧。我实话和你说，家里现在没剩多少口粮，多一张嘴就少一顿饭。现在就走吧，爹能给你的就那副铜匠挑子。

老林又说：我和你娘不用你养老。这次一走，以后你也不用回来了，把自己日子过好就行。

说着，这老林顿了顿，又叹了口气继续道：你在外面要是过不下去，我和你娘也帮衬不上你；你要是过得好，也不用你惦记我们，过好自己就行。前人再苦，苦不过给后人当累赘，所以我和你娘你不用惦记，你把自己的日子过好就算你给我们尽孝了。

林安生挑着挑子走的时候，老林送到家门口又交代了一句话：你媳妇说不准已经怀上了，你娘生你的时候是早产，咱家人没准都有这惯例，你们也提前做准备，别到时候手忙脚乱。

说完这句，老林再未开口，他就站在那看着儿子林安生和媳妇出了家门。等到儿子林安生走远了，老林忽然间老泪纵横。

老林这时候又想到了他爹，当年他成亲之后没多久他爹也给他交代过类似的话，而当时远走的那个人是他爹。当时老林也是这么目送了他爹的背影，以后再无音信。那一次老林没有哭，但是现在想想，那时他是没看到他爹的脸，如果看到了，他爹的脸上没准也是这样老泪纵横。

老林的哑巴婆娘送儿子的时候还以为他是和每次一样出门走营生，等看到老林站在那忽然就流了满脸的眼泪，她才明白过来，这次不同以往。

哑巴婆娘顿时也跟着哭了，她拼命冲着儿子走的方向招手，急得连连在地上跺脚，但她始终也没有追出自己的家门。

林安生离家之后也不知道要去哪，不过去哪也都无所谓，谋生的脚步不在乎东西南北，能讨到营生的地方就是方向。

他先是一路向北走，毕竟北边的路他独自走过一遭。路过缨桥镇的时候，他原本徘徊着要向西，但这时西边也过来大批流民，说那边出了灾疫，许多人家一夜之间就成了绝户。

林安生只好继续往北走，打算奔天津方向。又走了没多久，他的儿子就在路上出生了。

当时已经进了河北地界，林安生想给这孩子起名叫林冀或者林河北，他能想出来的名字也就是这种。恰好这时一起投店的有个逃荒出来的山东汉，肚子里可能有些文墨，随口提议说：孩子生在这逃荒的路上，名字不如叫林远图。

林安生和媳妇都觉得这名字好，于是孩子就得了大名林远图。

给孩子起名的这个山东汉是个会张罗事的热心人，出来逃荒身边跟着十多个乡亲，还带着六辆推车，车上除了日常家什还装满了红枣。

林安生和这个山东汉也算有缘分，之前路上就遇到过。那时他们的一辆车栽下路基，林安生还帮忙搭手抬过车，之后投店又和这伙人住到了一起。

山东汉姓宋，林安生称他宋大哥，他们那些人是要去关东投奔老乡，打算过去吃边饭。车上这些枣出了山海关能卖上好价钱，不过这一路上只要是个吃食价钱就都不错，这还没等走到天津，枣就已经卖空了两车。

一天傍晚的时候，大车店的店家急着要送一车草料进城。当时连着下了好几天雨，山东汉这伙人困在店里走不了，林安生和媳妇带着孩子，也不方便顶着雨赶路。

店家看到山东人这边刚好有空车，就想用他们的车给跑一趟。开大车店的店家是个五十多岁的老汉，店家老汉说，来回也就半宿的路，跑这一趟给他们免四个人四天的店钱。

这种大车店四天的店钱说多不多，说少也不少，放在平时肯定要走这么一趟，但这时下着雨，为这点钱就没人愿意跑了，万一要是淋出个病来就不值了。

山东汉和店家说：冒着雨啊，这路可不好走，推着趔趄，拉着打滑，还是夜路，这可不好走。平时是半宿，现在来回少说也得一宿，你怎么也得免八个人的吧。

店家老汉听了没吭声，没说答应也没说不行。他这店里是大通铺，免四个人还是免八个人对他来说其实区别不大，只是这山东汉张口就翻了一倍，这么要价让他一时觉得不那么顺当。

山东汉这时看了看林安生又对店家说：这大兄弟体格好，让他给你跑一趟吧。车我给他白用，就当成全人了，你也给人家两口子再多免几天店钱，带个那么小的孩子不容易。我看你就给人家免上十天半个月得了。

店家老汉这时点了点头说：好，就冲你这份热心肠我也得答应。

林安生胆子小，原本很少走夜路，但这时为了老婆孩子能免上店钱也不顾什么忌讳了。他和媳妇谢过山东汉就独自拉着草料出了大车店。

去的这趟还算顺当，只是路有点滑，单程下来都不止半宿。不过林安生也不太在意，觉得走这一趟怎么也算是值。然而送完草料出城的时候却遇上了麻烦。一伙当兵的守在城门口见车就拦，说是要征用。不光是车要征用，人也要一起用，带着车往兵营里运送一批麻袋。

要是这时能说说好话，或者悄悄递上几个钱，当兵的也可能就把车放了。但是林安生偏偏不会说话，也不舍得给钱，他又听当兵的说那军营不算远，就老老实实跟着走了。

那军营的确是不远，但是城外的军营不止一处，送了一处还有下一处，四五趟跑下来，两天时间就过去了。

这期间林安生要是想跑也不是没机会，他也不是没想过，可这车不是他的，他要是自己跑了，空着手回去把车给弄没了没法和人交代。

这时候天已经开始放晴了，林安生心里就更急得不行。山东汉那伙人现在肯定是要开始上路了，车总要赶快给人家还回去。

心里着急，身上就使足了劲，他想快点把活干完，赶紧把车送回去。但是他没想到，干活一上力气反而给自己招来了更大的麻烦。

当晚那些麻袋总算运完了，当兵的给他们这些民夫发了工钱，每人两个铜圆，有几个干活表现好的不但给了工钱，还额外送了一件军大衣，其中自然就有林安生的份儿。

领了工钱，又拿了件大衣，林安生就想赶紧回去，但这时候却又被当兵的给拦下了。有个领头的说：穿上这件衣服以后就不能说走就走了，否则就是逃兵。你们穿上这身衣服要记住的第一件事就是，逃兵放在哪都是一律枪毙。

林安生马上明白过来，自己这下是被抓了壮丁了。之前他是想过要跑，但那时顾忌着人家的车，而现在要是再想跑，就是要顾忌自己这条命了。

就是这一次，林安生开始有些开窍了。他先是被拉到了天津在车站扛麻袋，后又上了去通州的火车。在呜呜嚎叫的铁皮火车上，林安生并不知道这是要去哪，但他知道这么跑下去肯定再也见不到媳妇和孩子了。

那车跑起来实在太快，林安生在车上琢磨了半天，每纠结一遍就感觉自己好像已经摔死了一场，最后才终于把心一横从车上跳了下去。

这一跳林安生伤了一条腿。火车开了不到半天的路，他一瘸一拐走了半个多月。等他回到大车店的时候，媳妇已经不在了，孩子却是在店家老汉夫妇俩的手上。

店家老汉说：当时都以为你丢下老婆孩子自己跑啦，都说是这世道捣鼓的，你媳妇心里好像也打鼓，唉。山东那帮人天一放晴就走了，也没和你媳妇要车。你媳妇又在这住了八天，可能是等不下去了，也可能是怕交不上店钱吧，我们可没催她啊。她没说一声忽然就走了，却把孩子留这了。

林安生顾不上自责也顾不上解释，连忙问：知道我媳妇去哪了吗？

店家老汉摇摇头：啥也没和我们说，自己悄悄走的。

这时店家的老婆子在一旁说：我们没打算和她要店钱，把孩子扔这也不怪她。我们还出去找了，没找到。村里有人说看到她自己在河边哭了半响，可能跳河了。

店家老汉这时吆喝了一声老婆子：外面有话你就跟着传！你亲眼看见了吗？有人看见投河了吗？

老汉又和林安生说：是有这话，但是我特意问过，好像也没人真看见跳河的事，都是猜的。也有人猜她可能上北边追那伙山东人去了，有人听到她和那个山东人打听边门那边的事，听她说过也想跟着到那边去看看。

林安生没敢多耽搁就带着儿子林远图北上奔了边门。他也不知道有几成的机会能找到人，甚至不知道人到底还在不在，但孩子的娘走散了肯定要找，而边门是他所知道的唯一一个可能的去向。

离开大车店的时候，店家老汉和林安生说：之前以为你不回来了，我就给孩子找了户人家，是户好人家，明天头午那家人就过来看孩子。你一个汉子要是带娃不方便，可以送给这家，你要是自己能带，就当我没说。

林安生当时到底还是没舍得，然而没过多久他就开始后悔了。出山海关之后他离了官道，走了柳条边的方向，走着走着就彻底顾不上给孩子找娘的事了，因为眼下已经没什么事比他们爷俩的两张嘴更要紧。

柳条边一路上人烟稀少，沿途经过的边门、边台虽然不少，却根本不像个能谋营生的地方。

这样走下去没多久，吃饭就成了最大的问题，林安生爷俩几乎到了靠讨饭才能维系的地步。好在辽西地带虽不富裕，但多数人家温饱无忧，一般人家拿出些吃食并不为难。他到人家叩门讨口水，人家见大人还带了个这么小的孩子，没准主动就问你要不要点吃的。

可这样总归免不了吃了上顿没下顿。林安生自己饿上几顿没什么关系，但林远图太小，整天这样饥一顿饱一顿着实受了不少罪。

林远图也真是个让人安生的孩子，除非是他饿了，否则从来不哭也不闹。即便是饿了没吃的，抵根手指在他的小嘴里也能顶上一阵子。林安生这时开始一次次替孩子后悔，早知道这样当初真该把孩子送个人家。

就在他为了后面的出路一筹莫展的时候爷俩走到尚阳镇。尚阳镇的光景明显好过别处，在这里林安生总算碰上了一次雇工用人的机会。

尚阳镇这个地方和其他边门的不同之处在于人口多，早就成了规模。因此边门衙门就没裁撤，只是把名字改成了尚阳镇公所。镇公所里用的基本还是衙门原班那些人，周边百姓对他们也还是照旧称呼边爷。

镇上的边爷这时招工已经不是去修缮那道柳条边了,只剩下养路修路的事。尚阳镇距离通往关里的官道有三百里,但这处边门还有一条通向蒙古的要道,现在由镇公所主持打理。因此这个地方用工的时候还是常有,只是用工的数量大不如前。

当时恰是端午刚过,辽西这时节是乍暖还寒,时暖时寒。继续捂着过冬的棉袄会热,换上夏天的褂子又可能冻人,当地人一般会为这个季节准备一件夹袄。挤着上工的人当中穿什么的都有,那些身上穿着破烂棉袄的人,多半都是从关里新来的。

头午将近过半的时候,天气已经比大早热了许多,几位边爷这时陆续缓缓而来。两位穿着长衫的,坐到了招工台的后面;一位穿着缎面夹袄的,坐到了招工台侧边的一个藤椅上。

穿缎面夹袄的边爷大概四十多岁的样子,他手里把玩着一个手捧西施壶,坐到藤椅上就开始对着手捧壶的壶嘴嘬茶,旁边不时有经过的熟人和他打招呼请安,口称佟爷。

佟爷佟山尊近来有点心乱。大清朝现在已经没了,他的差事虽然暂时还没有动,但自己身上是旗人的身份,丢了这差事只怕是迟早的事,这时如果主动请辞还能落得个体面,然而辞了差事之后何去何从却让他一直不好定夺。

大清朝没了,那么以前犯下的案子自然也不算什么了。如果辞了边门的差事,佟山尊可以光明正大地回他北沿江的老家。不过老家那边他已经无亲无故,反而是这尚阳镇地面上如今有着不少他的眷顾。而一想到这些眷顾,马上就又牵扯到眼下一桩让他心乱的事来。

佟爷坐在藤椅上一边喝着茶,一边回想着昨天晚上那桩事,这时用工的人群中一阵婴孩的哭声忽然打断了他的思绪。

人群当中啼哭的孩子就是林远图。等着上工的人开始还都规规矩矩地排成队,有人等急了也不过是偶尔探出头左右摇晃着向前张望。可等到招工台那边几位边爷一落座就有人耐不住了往前凑,于是所有人就都一拥而上,招工台前顿时就挤了个水泄不通。林安生夹在人群当中尽力撑起两条胳膊护着林远图往前挤,但还是免不了让孩子受了些挤压开始哭了起来。

林远图的哭声这时犹如一道开路的护符,贴着他的人不由得都会尽量让出一个身位给这个带着孩子的汉子先过。然而等林安生好不容易挤到了招工台前,派工发牌的边爷见他带着这么小的孩子,孩子还在他怀里不住地哭,说什么都不肯放牌给他。

林安生只好苦求:我带着孩子干活也没问题,您就让我给孩子挣口饱饭吃吧,边爷给行行好吧。

旁边藤椅上的佟山尊扭头瞥了一眼这个带着孩子来上工的人说:你带着孩子来上工?婆娘呢?

林安生恭敬地回话道:走散了。

佟山尊摇了摇头说:干重活带不了孩子,你放在招工台这,不会丢。

林安生听了这话顿时感激涕零,他没敢把孩子放在招工台上,左右稍作打量就连忙把孩子放到了招工台后边的地面上。

佟山尊看了眼地上的孩子,又是摇了摇头叹了口气说:算了,这活你别干了,我另给你找个地方吧。

林安生听这位边爷的话头知道自己可能是遇到了贵人,连忙又是鞠躬又是作揖。

佟山尊说:你去头台村,找那里的白掌柜,就说佟爷介绍过去的。那边总能给你点活计。

佟山尊说完又想了想,从藤椅上站起身说:算了,我直接带你过去吧。

## 15 情途末路

QINGTU MOLU

　　白掌柜平常不住尚阳镇，而是在五里外的头台村操持着一家酒坊。在头台村无论老少都喊她一声白二姐，这称呼也没人知道是怎么来的，至于她白棋花的大名就更没多少人知道。

　　这白棋花一身姿色，满眼风情，伴随在她身上的风言风语自然不少。尤其是她曾在暗中搜罗过各种生孩的偏方，这种事没有不透风的，一旦传开迅速成了镇上许多人的谈资。有人断定她这是尽欢行乐过度伤身子，有人猜测她这是早早就有了那种事造成的，也有人说她找过许多郎中，并且臆测出了各种五花八门用在她身上治病的办法。

　　至于有没有过度尽欢行乐，又到底伤没伤过身子，外人的闲言都是捕风捉影，只有白棋花自己心里最清楚。而关于要孩子这个事，白棋花其实并不在乎，甚至一度困惑于男欢女爱之后为什么非要承受个孩子出来，即便是养老送终这种事她也没指望过要靠一个孩子。

　　不过这些都是她早年间的想法，后来在老郑他爹去世的时候，白棋花隐隐有了触动。

老郑算是白棋花的伙计，老郑他爹活到八十多岁，三个儿子和老伴都是他先后送走的，而等到了他自己最后的时候反而无依无靠。那是一年当中最冷的腊月，有人发现他的时候人早已经撒手归西，炕上和地下几坨冻成冰的屎尿显示了老人临终前最后几天的窘境。这一幕恰被白棋花看到，从此她才开始暗中寻医问药。

白棋花各种各样的方子尝试过不少，但是究竟有没有效果却不得而知，因为这些年她身边根本就没个男人。不过白棋花有人选，有了要孩子的念头她第一个想到的就是佟爷佟山尊，实际上这些年她的心思也早就不在别处，一心全在这佟爷身上。

佟山尊喜欢品酒喝茶，喜欢驯狗养马，除此之外最大的爱好就属下棋，而白棋花人如其名下得一手好棋，两人时常就是相对棋盘边一坐到日落。

白棋花对佟山尊也并非日久生情，而是一见倾心。佟爷这人健硕俊朗，又体面又沉稳，当年白棋花正值春花绽放的好年华，第一面相见就让她怦然心动。白棋花到这尚阳镇就是投奔佟爷来的，而佟山尊对她的照顾也尽心周到，头台村这家酒坊完全就是佟爷一手帮持起来的。

白棋花的酒坊场面不小，但是没名字，沿路的一间还布置成了酒铺，这间酒铺也没名字，招牌上只有"酒铺"两个字。

外间这酒铺实际上就是为了佟爷设的，只在窗边摆了一张方桌，这是佟爷专属的位子，其他有客人要在铺子里喝酒就坐在酒缸旁。堂上四口大酒缸上面扣着厚实的松木盖板，刚好当成桌子用。

自从设了这间酒铺，两人每次下棋都是在临窗的这张桌子上。前一天，白棋花就是在这张桌子旁开口和佟爷说了她想要个孩子的话。

白棋花此时说这话是一种试探，实际上她的心思并不在孩子。她是知道佟爷边门上的差事出了变故，如今已经有了离开尚阳回乡的念头，眼下正是在去留之间徘徊。

白棋花自己的心意自己清楚，她觉得佟爷那边心里也应该清楚，两人之间只是还隔着一层纸，迟早都会向前迈上一步，只是没想到一等就是这么多年。白棋花对此曾经有过各种揣测，她觉得佟爷心里大概还是对她的过往怀着一层顾忌，她曾经许过身的人是佟爷的兄弟，而佟爷这人又极重义气，心里装着这层顾忌身上就难免有矜持，那么事到如今只能是她先走出这一步。

对于男女之事白棋花从不羞于启齿，也不拘泥尺度，却唯独在这佟爷面前总难免拘谨，思来想去她也没想好该怎么开口，昨天在这就问佟爷：佟爷，我们认识有多久了？

佟山尊说：这我记得清楚，我到尚阳镇第五个年头的时候你来的，我在这镇上已经十六年啦，咱们认识就是十一年。你到这里隔年开起的酒坊，最早出锅的十年封缸野高粱如今还差两个月，我这阵子可是掐着手指在算着呢。

白棋花含笑说：佟爷脑子是真清楚。连这酒坊都十年了，回头想想可真快啊，记得第一次见到佟爷那派头我就心慌，那时连个打招呼的话都不会说。这么些年一直也没问过，佟爷第一次见我时是什么印象啊？

佟山尊的面前此时正摆着一碗温过的陈年老酒，这酒若是细品微甜中透着醋酸。他忽然觉得今天这话头似乎不像叙旧这么简单，闻了一下碗中的酒说：让我想想都有什么词，第一面，好看、标致、绝代佳人、沉鱼落雁，哈哈，再看举止就是大家闺秀了。我当时觉得铁二爷肯定是拐了哪家大户的闺女媳妇，把人送到了我这可不能疏忽，万一再让旁人勾搭跑了可怎么办啊。

话里说的这铁二爷是佟山尊拜过把子的兄弟，也是白棋花曾许过身的人。白棋花并没有避讳，只是这时不想把话转到他的身上。

白棋花嗔笑着说：又拿我说笑，有人勾搭我肯定跟着跑，我那时又痴又傻，多亏有你佟爷才把我按住。

白棋花在谈笑中一直在找着表露心事的机会，于是又说：那时候确实就是傻，做什么都只看眼前，对什么都没个打算。现在不年轻了，心里装的事也多了，佟爷我现想得最多的就是赶紧要个孩子，再若不然可就要上年纪了。以前没觉得，现在才觉得，人都有老的那一天，有个孩子咱们上了年纪才能安心，不然难免心慌。佟爷你说是吗？

白棋花不想把话说得太隐晦，又不想说得太直白，于是就赶在这里和佟爷提到想要个孩子的话头。话像是随口说的，不过说到这的时候声音特意放低了些。

佟山尊不是不解风情的人，心里明白这话里透露的意思，暗示如今已经变成了明示，虽然人家话里留了分寸，但已经容不得他再这么继续糊涂下去了。

佟山尊是真想就这么一直糊涂下去，但他知道男女之间的情分终究是要走到这一步，而来到这一步就是他们二人这段情分的末路了。佟山尊也曾想过把自己身上的隐疾坦言相告，但那一刻也将是这情分的末路，如果一直只留在心里，结果还是一样，却至少能保得自己一身体面。

在白棋花看来，她和佟爷之间早就只剩下吹弹即破的一层纸。然而当第二天佟爷把一个襁褓中的孩子带到酒坊的时候她才明白，在她看来的那一层纸，在佟爷眼中却是一堵墙。

不过佟爷带来这孩子确实让白棋花顿时心里一亮，这小家伙身子壮实，不哭不闹还爱笑。她用手指撩拨了几下孩子的小脸蛋，又向林安生打量过去问：这孩子叫什么，有名字了吗？

一边的林安生连忙回答：有，叫林远图。

白棋花看了一眼林安生又问：多大年纪啦？

林安生：九个月了，再有两个半月满周岁。

白棋花听了咯咯一笑,她的目光再次投向林安生说:我没问他,我问的是你啊。

林安生又连忙回道:我,二十五。

白棋花说:我大你八岁。你以前是干什么的?

林安生:铜匠。

白棋花又笑了说:还有手艺,这下我的那些缸啊坛子啊算是有着落了,你再挑挑水,这好身板不使劲用可惜了。佟爷送过来的人,小的大的我都收了,工钱你自己要。

林安生这时躬身抱拳道:什么力气活我都能干,谢掌柜的。能供我们口吃的就行,只求养活孩子,我不图挣钱。

白棋花笑道:好,说话也不啰唆。你要谢也别谢我,咱们要谢佟爷。不用喊掌柜的,生分了,就叫二姐吧。

林安生以为总算找到了一个安稳的活计,爷俩眼下终于有了着落。但是他没想到,自己在这酒坊里总共只干了三天。这三天林安生把所有坛坛罐罐修补了个遍,每天早起先去挑水,十几口大缸的水他一口气不歇。

到了第三天的时候,林安生还是照例先挑水,十口大缸的水还没挑完白二姐就另外有了吩咐,让他去村西刘裁缝那里下身子,置办两身换季的衣衫。白二姐说:料子让他挑最好的。刘裁缝那赊着咱们酒钱,他自己知道扣。

隔天林安生就拿到了两套青缎偏襟的褂子,袖口还衬了绸布。他以前从来没穿过这么好的衣裳,一般富家的老爷少爷也不过如此。只是穿上这么精贵的衣服哪还像个伙计,哪还能甩开膀子挑水劈柴。不过白二姐已经有了吩咐,不让他再挑水劈柴了,新褂子要穿着,出门在外不能没个体面。

白二姐在铺子里柜面上交给林安生一对镯子和两颗珠子,吩咐说:你去宁城打听一下三厢观，到了那找荣福把东西交给他，你就叫他三爷。什么话都不用你交代，东西交过去就行。

林安生接过东西，翡翠镯子他过手大概就知道分量不低，两颗珠子都不算大。

白二姐又说：路上机灵点，到了那找不到多问问。另外，这段路上可是不怎么太平，敢不敢去看你。

林安生没半点犹豫就点了头。他虽然胆子小，对关东地带也不熟，但他一直干的就是东奔西走的营生，不太平的地方从小就没少走，担心的只是没营生接，最不怕的就是赶路。

见林安生根本没犹豫，白二姐又拿出五块银洋，好声说：好，回来肯定有好事等着你，我许过的好事可从不放空。这钱路上有富裕，你不用紧着用。

宁城离尚阳镇将近四百里，来回就是七百多里的路，这一走可要些日子，林安生不禁看了看林远图。

白二姐见了一笑说：不用担心，你一个糙汉子，孩子放在我这不比你带着强？我把他当自己孩子带着。

林安生又接下银圆，心知刚来上工就过手这些钱财，那孩子必是要压下的。于是，他二话不说，打上包袱就起身。

白二姐在他临走的时候又嘱咐了一句：多走大道，宁可多绕两天的路。

佟山尊是在当晚知道了林安生独自去了宁城这件事。白棋花还告诉他，他送来那孩子自己一看就喜欢，以后离不了了。等这人回来自己就打算嫁给他，以后正好一起带这孩子。

佟山尊听来知道白棋花这么说是心有幽怨。她嘴上说打算要嫁给人家，实际上大概根本就没想让那人再回来。

在白棋花看来，她也实在不知道那个一心只求生计的男人还会不会回来。他身上的珠宝首饰，外加那些银圆，样样都可能让人一去不回。但这人要是一走了之也正好，自己刚好收了这孩子无牵无挂。

白棋花问佟山尊：佟爷你说这人还能回来吗？他带的那些东西加起来可不算少，他会不会不顾孩子卷了钱走了。

佟山尊叹了口气说：说不准，这年头的人啊。而且他走的这条道还不太平，要过好几个地头。他身上带着那么贵重的东西，你还给他置办了那么一身行头，样样都可能让他有去无回啊。

白棋花一笑说：是不少风险，不过冒这风险他也不算亏，他要是回来我可真就嫁了，怎么也要有些本事才行啊。其实东西他送不送去也不要紧，他要是自己卷走了也没关系，那东西以前留着也就是当个念想，现在我就是想让他把这个念想送走，归了谁都无所谓。

佟山尊一阵无语，又念念说：老三是在三厢观，但是一般人根本找不到那地方。要是他真见到老三，就老三那性子，见他把这物件给送了回去，还能让他囫囵个人回来？

白棋花说：这就看他运气吧。不过估计老三那性子早就没了。

白棋花和佟山尊口中的老三名叫荣福。十多年前宁城地带出过一伙土匪，领头的是兄弟仨，荣福在当中排行老三。他们这伙人曾名噪一时，被称为辽西头号悍匪。

人说悍匪无情，那伙人一度是既做到了彪悍，又做到了无情，有意无意间干出一起震动整个辽西的大案。而白棋花也在那次卷入其中。

## 16 结义兄弟

JIEYI XIONGDI

土匪胡子说白了也算一门行当，靠打家劫舍、拦路抢劫为生的行当，无论是干出什么案子，目的终究是求财，而不是玩命。因此风险可以冒，但总有个度。

然而辽西的土匪胡子们没想到，宁城地带上忽然就冒出一伙玩起命来根本不讲尺度的家伙。这伙人不但敢抢朝廷正规军的装备器械，后来还悍然进了城。

一般的土匪打劫向来都在城外，或是拦路劫道，或是瞄上哪家地主大户，而进城明抢却根本不是他们干的活，城里那么多吃饷的兵差，就算再怎么孬手里也是端着枪的。求财的路子不只这一条，根本不值当上门找人硬磕。

而且这当中还有一条界线，抢劫一旦进了城就相当于造反了，即便没有谋反的心思，也难免被扣上一顶谋反的帽子。即便抢来再多钱财，事后的连番追缴也让人未必有命消受。

没人知道那伙人当初为什么非要进城犯案，而且闯的还是宁城这种一等重镇，城里城外驻着旗兵、练营、巡卫军等好几股军队。而这样一座大城重镇，居然被一伙胡子放着枪就给闯了，说来就来，说走就走。

事后的官报称，这是上千土匪集结的大案，衙门大库被抢了一空，练营的枪械军资也被卷走不少。

不过也有人说当时最多不过百人，城里那些官军没一个敢露头的。被吓成了那样，不好意思说自己熊就只能替人家吹人多了。

还有人说，其实就是几个胡子进城来逛窑子，在窑子里和人争风吃醋打了起来，在城里总共没放几枪就都跑了。官家正好借题发挥，拿这事抹了他们这些年来的亏空，没准那几个胡子都是他们私下安排的。

关于宁城这场大案始终是众说纷纭，不管怎么说，这个事一出立即波及官黑两道。数百军政大员为此遭贬被罚；辽西道上数不清的土匪胡子全都跟着受了牵连。

十多年前那时候辽西地面上的土匪胡子正盛，啸聚一方的绺子、寨子层出不穷。

那年月关东一带本本分分的穷人实在没什么盼头。当官的除了迎合上方根本就不顾下面百姓，而且对下肆无忌惮。统兵的除了拥兵自重什么正事都不想干，甚至还要养匪自重。

这样一来，关东出的土匪胡子就越来越多。胡子土匪一多，护院的、走镖的也就跟着多了起来。

护院、押镖和土匪听起来区别不小，实质上却算是吃着同一口锅里的饭。都是犯险谋生的行当，只不过一个是劫人钱财，一个是保人钱财。

那年头乡里的精壮小伙子如果不想务农也没什么手艺，只要身板够硬棒又不差胆子，摆在眼前的就有两条路，一是投家大户当护院，一个是拜个绺子当土匪。

除此之外倘若有些拳脚学过武艺，那么还可以入镖局走镖。这行当和护院差不多，一个是守内，一个是跑外。走镖的门槛高、风险大，但收入也多。

可以说护院、押镖和土匪胡子就是同一个行当里的不同分工，而且这个行当里人员流动还不小。有些人家的护院拉出去就能占山；有的人可能今天还在押镖，改天就成了劫道的。

辽西凤凰城的四方村有三个后生平时都爱练武。老大名叫秦荣，老二叫周福，老三是他俩后来在村里结识的小乞丐，没名没姓，外号臭狗。

秦荣和周福两家在村里是邻居，中间连院墙都没有，上一辈都是关里过来的外来户。老二周福他爹老家那边有练拳脚的习俗，到了关外这地方担心坐地户欺生，因此没事就在院里摆出架势教孩子练武。隔壁秦荣的父亲是个病秧子，母亲也体弱，她想让孩子以后能壮实些，就让秦荣也跟着一起学。

然而不到两年周福他爹就不敢再教了，也没什么可教的了。这俩孩子学些拳脚就爱上了打架，村里同岁上下的后生几乎被他俩打了个遍。同村的打完了，又经常跑到外面去打，两人又很能抱团，村里村外没少惹是生非。

不过这个时候两个孩子已经从练武上尝到了甜头，身上有功夫就是比别人硬气，所以没人教了也停不下来，还几次跑出去想要拜师。

这时邻村的康皮子给周福他爹出了个主意。康皮子和老周说，不如把孩子交给我，我会的那几下子肯定不如你，但是帮兄弟你管教一下孩子还够用。

这康皮子从不干农活，平时做些皮货生意，也能算上半个猎户，常自吹年轻时闯荡过江湖。

康皮子编了一套话给秦荣和周福两个孩子：练武不练功，到头一场空；

练功不练武,照样能打虎。跟我学武最主要就是练功,在我这练好三年根基,随便精一套拳都能成好手。不过这三年不能白教,除了练功你们要帮我干活,上山挖陷阱下套子的事就交给你们了。

自从跟了这康皮子练功开始,秦荣和周福居然真就比以前安生多了。从前他们打架惹出来的事不少,但是功夫越练拳脚上越有分寸,逐渐反而很少闯出什么祸了。

另外一个原因是他俩跟了这康皮子之后就没什么时间出去惹事了,每天除了练功就要进山帮康皮子打猎。而后没多久两人也都喜欢上了打猎这个事,这比之前放羊放牛可强多了。二人拳脚功夫练得如何不论,打猎的本事确实学了不少。

因为打猎哥俩都养起了狗,后来正是因为这两只狗结识了老三。

老三这人可以说有些天赋异禀。他是孤儿,而且他这孤儿和其他孤儿还不太一样,自己印象中从来没人收养过,也没人照顾过,从记事起就是在凤凰城边那座破炭窑里,和一群乞丐一起生活。至于记事之前他是怎么活过来的根本没人知道,所以他连自己姓什么都不知道,名字也没有,只有一个外号叫臭狗。

那处破窑是凤凰城乞丐的一处聚点,乞丐们年年都有病死、饿死、冻死的,没了一茬又换一茬,唯独臭狗命最硬,一直在那没病没灾从小活到了大。

臭狗记事起就习惯了不怕冻不怕饿,却唯独怕狗。因为他从小在街上当乞丐,没少被散养狗和流浪狗追着撵着到处跑。那时候他个子还不比狗高,遇上了基本跑不掉,追上来一扑就是一个倒,身上手上都有被狗撕咬的疤。

有一次小臭狗在路边遇到一只死狗,死狗身上已经发臭,但还没有生蛆。臭狗找来一条棍子就开始在这只死狗身上发泄了这些年积累下的仇恨,之后还是不解恨,他又硬扯了两条狗腿下来,拿回破窑煮上就和乞丐们一起吃了。

其他吃了狗肉的乞丐们当天都坏了肚子，一直拉到直不起腰，可小臭狗身上却是什么毛病都没有。

就是因为这件事，他从此有了臭狗这个外号，而且还爱上了吃狗肉。以前常是狗追他，从那以后都是他追狗。那些年，凤凰城周边就容不得任何一只闲逛的野狗。也正是因为吃狗这个事，臭狗遇上了四方村的两个大哥。

当时他把老大秦荣养的狗当成野狗给吃了。不过这事并不能全怪他，秦荣养狗不喂食，常常是靠人家自己在外面找吃的，这狗在外闲逛谋生的时候恰好就被臭狗给遇上了。

然而没过几天，臭狗又把老二周福养的狗也当成了野狗，但老二这条大黄狗可是就在自家大门边。大黄狗体格大力气足，虽然上了臭狗的套，但奋力挣扎着还是嚎出了声。

秦荣和周福听到动静一起都跑了出来。这小哥俩年纪虽然不大，但都已经是一副好体格，四方村很少有人招惹他们。

这哥俩养狗是为了打猎用的，只不过他俩都不太会调教。老大那狗养了快两年了，一点都不凶悍，打猎肯定是不中用了。不过这狗既聪明又听话很讨人喜欢，虽然秦荣喂得少，但人家对主人向来摇头摆尾忠心耿耿。

秦荣的狗忽然不见了，哥俩四处找了两天。狗都认家，不应该自己走丢，两天不见踪影，大概就是被人给偷了。为这事周福也跟着气得咬牙切齿，偷鸡摸狗敢偷到我们家门口来，要是抓到这人，一定要像勒狗那样让他也尝尝上吊的滋味。

臭狗这次刚好撞到了秦荣和周福的气头上，两人跑出来刚好把他逮了个正着。

哥俩都没想到，这偷狗的贼人偷了一次居然还敢继续惦记，没过几天又摸上来了，他俩都憋足气要狠狠教训这贼人一顿。

可是等他俩见到臭狗浑身瘦骨嶙岣又破衣烂衫那样子,两人竟都没下去手。周福最后还回屋里卷了一张煎饼给他,告诉他这村里的狗都有人家,让他以后别来这了,要是遇上别人肯定是要挨顿打的。

然而臭狗却根本没听周福这话,没过多久就又跑到四方村来了。

挨打这种事臭狗根本不怕,但这哥俩对他的好反而让他有点受不了。明明自己吃了人家养的狗,人家不但没打他,还给他吃的,这让臭狗心里总感到过意不去。

身为铁杆孤儿的臭狗以前也不太清楚孤儿和别人都有什么不一样的地方,他自己觉得除了无父无母没人照顾之外好像也没什么。不过四方村这一遭让他感受到了一些区别,就是人家那兄弟俩之间有种亲近,他和别人就从来没有过。他还感觉到这小哥俩对他也挺好,尤其是临了周福那句嘱咐,那是担心自己被别人打。

这些日子臭狗没干别的事,专门四处寻狗。他知道凤凰城外有户人家的大狗刚生了崽子,那是一窝一等一的黑毛猎狗,于是就一直守着,等到一窝狗崽终于断了奶,就偷偷抱了两只又来了四方村。

臭狗已是多年和狗打交道,从筋到骨都了解得透透的,他瞄上的狗,品相绝对不差。秦荣和周福看到他带过来的这两只虎头虎脑的小狗崽都喜欢得不得了。

从这两只狗崽开始,三人就有了交情,臭狗经常跑来看秦荣和周福,没事一起调教两只小狗,后来又开始跟着俩大哥一起打猎练武。

大概是当乞丐挨过不少欺负,所以时常就幻想着自己能有一身拳脚功夫,以前在凤凰城里遇到打把式卖艺的臭狗都是跟着跑,这时知道跟着这俩大哥还能练武,他几乎每天都凑来跟着学。

臭狗练了没几次,就先惊到了康皮子。康皮子说,常人练武先练功,他却只用学学招式，这就是根骨。这样的人要么别练武，要学武就必须找个好师傅，一般人不能教。拜师傅也不在武艺高低，关键要懂得调教徒弟德行，否则就怕是学出了一身祸根。

秦荣和周福也都发现了，臭狗这家伙天生就是块打架的材料。最重要的是，这家伙不怕挨打，而且还极能吃苦，练功时在自己身上都能动狠。

当年入冬的时候，秦荣和周福一商量，就让臭狗留下跟着放牛打猎，就算住柴棚也不比回凤凰城的破炭窑要饭差，他俩一人省下几口也就够这兄弟吃了。

臭狗就此留在了四方村，之后又和两个大哥拜了把子。三人拜把子的时候俩哥哥都觉得臭狗的名字太难听，于是老三就用了大哥秦荣名字里的"荣"字和二哥名字里的"福"字，这才有了他荣福的大名。

没几年过后，兄弟仨当中的老大秦荣最先到了成人的年纪，到了该找媳妇成家的时候了。

老大人虽精干，但家里日子不好，眼看着村里年纪匹配的姑娘前前后后开始出嫁，他却是始终不好说上媳妇。

娶不上媳妇这个事，秦荣也并不是多么心急，但是他感到了窝囊，觉着没出息。从小练武多多少少给他攒下了一点心气儿，也正是这点心气让他心里受了伤。

老大秦荣在他们村里最对得上眼的一个姑娘是廉香，等到廉香也要许配嫁人的时候，老大心里终于是伤透了。

秦荣当时把心一横就想带上人家姑娘一起离家私奔，大不了过上几年再回来。

这廉香和秦荣年纪相当，家里也是外来户，平时似乎也对秦荣有些好感。

但是和安安稳稳嫁人过日子相比，这样的好感完全相当于可有可无，私奔这种事人家更是连想都没想过。

而最让老大秦荣灰心丧气的事还不只是廉香不跟他私奔，而是廉香嫁的那个人家。

廉香嫁的是邻村李云山家的儿子，那家伙从小窝窝囊囊，十一二的时候还要到他娘的怀里吃奶，在外面受了欺负就知道哭。

就是这么一个窝囊货，前几年早早就已经娶上了媳妇，因为接连生的两个都是女娃，所以又给他娶了廉香。因为廉香他爹非要明媒正娶，所以李云山干脆让儿子把之前那媳妇给休了，等廉香过了门之后又把上个媳妇接回来，原配改成了做小。

经过这么一遭，老大秦荣干脆断了在村里找媳妇这个念头，也彻底不想以后就这样一辈子给人种地放牛了。他决心要出去闯条路，否则到死都没个盼头，他是宁死也不想把一辈子都这么过了。

## 17 / 土匪之路

TUFEI ZHI LU

老大秦荣决心离家的时候最想干的事就是去当土匪,其他的出路都在其次。那时候乡间许多精壮之人明知道土匪胡子都是歹人,但差不多都有过一颗当土匪的心,只不过未必都有这个胆子。

秦荣是既有这颗心也确实有这个胆子,但他的问题是没有拜绺子的门路,根本找不到土匪胡子去入伙。

他们乡里那一带出了名的胡子叫金水桥。康皮子经常对外吹嘘自己和金水桥那伙人有交情,皮货上贴了他家皮货庄的条子就不会有人动。于是秦荣就去找了这个算得上他半个师傅的康皮子。

康皮子听他来打听金水桥,马上就猜出了这后生的心思。还没等秦荣把话说完,康皮子把眼一瞪说:滚回家种地去,好好的日子不过,你找什么胡子?

秦荣硬泡着就是不走,康皮子凶过几句也没其他办法,于是随口就编了一套话。

康皮子和秦荣说：不瞒你说，那些人我早就见都见不上了，官军是没剿下他们，但地头早让别家土匪给抢啦。这年头土匪这口饭可不容易吃，金水桥后面连个能落脚的地方都没有，还上哪找他去？金水桥后面的这伙人也没占住多久，那带头的我早先也有交情，人称残豹，缺了两根手指瞎了一只眼。当了土匪就没几个是囫囵个的人，也不一定都是打仗伤的，土匪窝里那些规矩动不动就是剁指头挖眼睛的。

康皮子又说：当土匪的那都是些什么人？你这样的虽然有些拳脚，但想当土匪根本没门。所有绺子都有规矩，想入伙必须先拿投名状。投名状是怎么回事你知道吗？

康皮子见秦荣点了点头就说：你知道个什么呀？现如今投名状可不是找人现杀那么回事了，就算你提着人头去了都没用。必须是杀人留名，还要让官府发了通缉，有了这种身份才行。只有好人彻底当不成了才能干土匪，家家差不多都是这规矩，但凡有别的出路谁能安心干那个？你自己掂量掂量是不是。

康皮子这话添油加醋就是想敲打一下这后生。秦荣听来觉得好像是这个道理，只有好人彻底当不成了才能当土匪。他在心里掂量来掂量去，却不是琢磨要当好人还是当土匪，而犯难这个投名状要怎么去弄。

秦荣左右盘算也一直没想出来要从哪下手，思来想去间，就一路到了凤凰城。投名状的事还没等想好，他却先在这城里投了军。与其说是他主动投军，也可以说是被拉了壮丁。

当时关外的军队又多又杂，除了各地的驻军和巡卫还有十来股各路新军，一般老百姓根本分不清楚。除了驻军之外，多数队伍都在拉人参军入伙。

老大秦荣觉得当兵也算个能让人早些出头的门路，打仗的事他不怕，自己再豁出条命，应该不难闯出个模样。于是他就主动报了北沿江的边境，而且他自己落下脚又把老二也招了过来，老三当时是年纪还不够。

然而秦荣和周福在北沿江边境没多久就发现来错了。他们当的这兵根本不打仗，而且那队伍是压根就不想打仗，平时都没什么操练，就算你舍得豁出命去，也根本没有给你拼命的机会。而他们平时又连饷钱都拿不全，除了能混口饱饭兄弟俩是一点看不到出头的机会。

老大不想白混日子，和老二一商量就当了逃兵。为这事两人差点丢了性命，周福在山里陷住还受了伤。幸好遇到了当地一个名叫张天辰的贵人，这才侥幸保住了命。

这之后那张天辰又介绍他们兄弟俩回到辽西，给宁城附近一家姓骆的大户做护院。这家人在辽西养马贩马，和张天辰有往来也有交情，虽然知道这兄弟俩是被通缉的逃兵，但是反而觉得这样的人用在家里更踏实，毕竟张天辰的介绍也相当于是作了保。

在骆家的日子还算好，吃喝收入都好，尤其是闲了练武也算出工。两人稳下脚又不忘下面那兄弟老三，就又想把荣福也招过来。

当初俩哥哥先后这么一走，老三荣福自己也出了四方村，重新回了凤凰城。

荣福在四方村长了几年身子，又学了些拳脚武艺，再回到凤凰城可就不再是从前的那个乞丐小臭狗了。

凤凰城里有一家子出了名的地痞无赖。这家是爷仨，三条光棍全都游手好闲。老子名叫金龙，后来上了年纪耳朵有点背，就被称为金聋子。

金龙的大儿子是初八生的，就取名叫金八。生二儿子的时候金龙连皇历都没看，儿子是半夜生下来的，就取名叫了金夜。

大儿子金八后来吃喝嗜赌，二儿子金夜一门心思好女人，而老子金龙是吃喝嫖赌都好，除此之外还干着偷摸行窃的勾当。

金龙是从年轻开始就以偷为业，他是专门拜师学过这一道的人，所以懂规矩，从来不在自家地头动手。当时在凤凰城里大家都知道这家伙不是走正道的人，但名声还不至于太差。

后来金龙上了些年纪耳朵先开始不好使，按说这一行就算干不下去了。可是他这辈子风光的时候吃喝嫖赌也没留下多少积蓄，而那两个儿子根本都指望不上，时而还想指望他。

因此老金聋子只能硬着头皮继续出去作案，到后来也顾不上行规了，家门口也顺手牵羊，仗着以前有些恶名开始什么勾当都干。从此他们这一家在凤凰的口碑极差。

没几年金聋子身体越来越不中用，终于得了场大病，家里也彻底断了来源。小儿子金夜从此就干脆不回家了，大儿子金八还算好，他以前从他爹那多少学过几手，这时就派上了用场。不过金八学艺不精，没多久就被抓下了狱。

金聋子病在家里没吃没喝没人管，最后只能独自出门流落到街上。他原本打算是能在街边要口饭也好过在家挨饿，然而一旦到了街面上就又有些忍不住想要动手。可这次还没等他动手就被人当街抓了贼。

当时恰巧有人身上丢了钱，找来找去刚好看到正在路边要饭的金聋子。失主顿时认出了这家伙就是专干这勾当的，任金聋子说什么都没用，一肚子气全都撒在了他身上。旁边围来看热闹的有不少都认识这是金聋子，都说打得好，打死了才好，不然根本没个记性。

荣福回到凤凰城刚好就撞上了这场热闹。他以为是有人在街上欺负一个老乞丐，凑过去上前一看发现这人他还认识。

金龙这人荣福最记得，以前还是小臭狗的时候简直把他当偶像看，因为经常看到这人在各种包子铺、馒头铺、水果摊前吃东西不用给钱。

荣福不仅是把这人看成偶像，还把他当成恩人。早年间金龙还不失体面的时候，虽然背后干着偷摸的勾当，但人前仗义，对乞丐也不吝惜。小臭狗第一次尝到肉包子就是这人给的，这个大恩他是一直都记得。

见到有乞丐被人当街欺负，而且被打的还是自己的恩人，荣福二话不说就动了手。

荣福从懂事起就当乞丐，规矩道理从来没人教，是非对错全凭自己悟。偷摸的事他不觉得算什么错，恃强凌弱的事他也不觉得有什么不妥。没本事被人欺负的时候他觉得这就是天经地义；一旦自己有了些能耐，对付起别人他也觉得理所应当肆无忌惮。

因此荣福动起手来就都是狠手，而且连旁边看热闹叫好的都不肯放过。他拳拳伤人要害，几个被打塌鼻梁的脸上顿时成了血葫芦，直到把人都打散了才罢手。

金聋子原本就有病，这一场又伤得不轻。他自己养的两个儿子都指望不上，反而这个荣福不但救了他，事后还没断了照应。

对于荣福来说，能帮上就顺手拉一把，他们乞丐圈里的人谁都帮不上谁的大忙，但在些微不足道的事上互相拉扯一下并不算什么。然而在老金龙看来，这就是莫大的恩情。

老金龙不但想着报恩，他还很看好荣福的身手，就问荣福想不想学他这门飞檐入室的梁上功夫。他和荣福说：这功夫也算门手艺，学会了这辈子吃喝不愁。

老金龙怕人家看不上他的功夫，又说：你别看我现在是这步田地，我这门功夫在行里可是有名的绝学，门徒遍布南北，而我这一支是正宗的嫡传。我功夫不差，只是道行没弄懂。当初怪我没领会门规，气盛时独自出来图个自在，不懂得孝敬师傅，后来也没带个徒弟，不然不至于落到现在这个地步。

老金龙很担心荣福看不上他这门功夫，说起来天花乱坠不免有些吹嘘，而荣福却是听到功夫就想学,听老金龙说得这么玄乎就更是上了心。于是老金龙就把他这一门钩爪套结、开门撬锁的功夫全都倾囊相授。

对于身上的功夫荣福似乎都有灵性,一点就通,一学就会。老金龙见他这般天赋也是着实用了心,一心想把自己会的这些本事全都传给他。然而就在荣福学了个七七八八的时候,老金龙的身子彻底不行了。

老金龙最后和荣福说:身上的功夫你算是已经学成了,不过还差着道行,要干这行最怕的就是丢了道行啊。后面我是教不成你了,你可以去宁城那边的三厢观找徒冠,那是我同门的师弟,你叫他四叔。

他这时拿了一枚乌黑的指环给荣福说:到了三厢观,要是叫了四叔徒冠还不肯收你,你就把这铁指环给他看一眼,包管以后他好好待你。另外三厢观不好找,位置不定,你到城里多走几家药铺就能发现药铺东边肯定有记号,沿着那些记号指的方向走就能找到。

金龙这是把荣福当成了他的正式弟子,也算是最后的一番交代。本以为有了荣福自己最后应该是能得个善终了,然而还没等老金龙咽气,荣福就先走了。

荣福离开并不是去找徒冠继续学什么道行,当时他是收到了两个哥哥捎来的消息。他把俩哥哥当至亲,这时就根本不顾老金龙了,也顾不上去学他那门功夫了,只想赶快过去团聚。他收到两个哥哥的消息是一刻都不想耽搁,即刻动身,老金龙那边连个招呼都没去打。

那些功夫,一到路上就派上了用场,他这一路上都没缺过钱。不过他一心赶路,并不贪财物,顺手拿一些也是够用即可。他自己原来的习性也没怎么改,走到哪还是风餐露宿,连客店都不去住。

然而等荣福来到骆家的时候,家里恰巧换了家主,老东家不久前突然中风,没几天就过世了,新家主是老东家的大儿子。这新东家为人不精世故,对下人言语也不妥当。他见荣福个头不高,一身破衣烂衫和乞丐一样寒碜,就说什么都不肯收他。

当初应下这个事的是老东家，现在秦荣和周福说了一堆好话也没用，这哥俩一时都犯了难。

秦荣心想：老三大老远投奔过来，这里要是真不收他，那我和老二也没法干了，要走就只能是兄弟几个一起走。而周福这时不由得看了一眼东家身旁的老周。

老周名叫周大同，在家里是护院当中的头领，到了外面算是路上的把头。他在骆家已经干了有二十年，一直都是老东家最倚重的帮手。

秦荣和周福都和老周关系不错，这老周功夫好，一手硬功分筋错骨十分了得，而且这是一门讲分寸的功夫，两人对老周都很是敬重，平时经常找他请教。这小哥俩身上功底相当好，又会说话，老周没事也爱指点他们。

老周这时就开口说：这个事我知道，老东家之前也应下过，现在又正缺人手，我看这小兄弟……

东家还没听老周把话说完就说：你看他这身板能干什么？你要是想留他就自己先和他过几手试试，他能打赢你就留下，要是连你都打不过，留这么个人是要让我白养着吗？

这话一说出来，老周顿时眉头一皱，心中一寒。新东家这话外的意思他听得明白，连他都打不过的人就算是不中用了，这明显是说自己已经到了不中用的边缘。这时动手无论是输是赢他都挂不住脸面了。

老周这时神色黯然，却朗声一笑说：拳怕少壮，我这一身老骨头哪能还和后生动手，我服老认输。

周大同年轻时单臂就是一百八十斤石锁的力道，自从出师以来还没受过这种屈辱。他万没想到自己兢兢业业半辈子，到了新东家嘴里忽然就成了这般地步。

老周心中愤懑难平，一气之下就聚了平时要好的几个护院，说这地方他一刻也不多待，和兄弟几个喝完这场连夜就走。到了这年纪再投新东家已经不易，自己打算要去拜绺子，连去处都已经想好了，就去半荡山的铁星寨。

老周说：骆家这里彻底没奔头，大半辈子混到底就落得我这样子。有意的兄弟咱们可以一起走，人多了到哪都多个照应。

老周又说：铁星寨这伙人不比其他土匪，拜他们绺子不用投名状，不是说非要犯过大案走投无路那样的人才能入他们的伙。那伙人领头的都是真正的练家子，只要武艺够好就能收。

但凡真正练武的人大多都要个心气，因此换了东家这几个月不少人已经盘算着要走。秦荣和周福也想好了既然不收老三他们就一起走，但是他俩和别人又不太一样，离开骆家没什么出路，毕竟身上背着逃兵的通缉。

因此秦荣听了老周的话第一个就想跟着去，然而老周却唯独不想带他们走。

老周说那寨子有规矩，不能娶妻不能生子，兄弟老死不脱寨。入伙全凭自愿，但一入就是终生，老了由山上养着，再想退伙却是不行。你们几个年纪小，还没见足世面，难保日后改了性子，到时候后悔可就来不及了。

那铁星寨阵仗不算强，平时动刀枪上阵仗的不到一半人，但寨子有高人坐镇，最出名的就是追杀索命的本事。也正是因此人家才有底气不要投名状也不怕有人日后反水。

秦荣听了这话想了想却还是坚持要去。骆家终究不是个能出头的地方，何况已经有老周这例子。能拜个像样的绺子对他们几个来说都算条好出路。

老三荣福心直口快地说：当土匪好，咱们还是当土匪去吧，当护院成天窝在炮楼里，有点窝囊啊。

老二在外向来都是听大哥的，于是三人就这样拍板，跟着老周一起奔了铁星寨。

半荡山铁星寨的名头不算响亮，但是为首的铁老拐在黑道当中却是赫赫有名。铁老拐顾名思义就是腿瘸挂拐，但人家纵然瘸了一条腿，一身功夫依旧罕见敌手。

铁老拐是个真正的练家，成名全仗武艺好，早年绰号"铁镖"。铁镖聚起绺子是匪首，独自出山就是游侠，杀人索命从不失手，曾是江湖上公认的辽西第一杀手。铁镖后来是自己练功伤了一条腿，这才又有了铁老拐的匪号。

老周这些人拜到铁星寨的时候，铁老拐已是五十多的年纪。他这时大案子不做，在地头上办事懂得留手，一伙人温饱不愁，寨子带得相当稳妥。

这些年铁老拐已经不轻易收人入伙，老周这些人的武艺是不错，却也根本入不得他的眼。不过他见了当中这三兄弟却很是喜欢，尤其是年纪最小的老三。于是铁老拐索性就把这些人全都收了，还收了这兄弟三个当了自己的徒弟。

铁星寨立寨的时候铁老拐亲自定了规矩，第一条就是发誓一辈子不娶妻，不生子。当了土匪就是半边脖子随时抵在刀口上，容不得牵挂，也不去牵连别人。这样的要求在许多土匪绺子当中都有，不过只有铁星寨把它明立成了戒条。也正是这条规矩成全了老周他们一伙人。

铁老拐说是收徒弟，那是因为他自己无儿无女，实际他是把三人当了儿子收的。铁老拐把自己一身本事倾囊相授，其中不光是武艺，还包括黑道上处世立身的道行。

后来这三兄弟的匪号也是铁老拐亲自给起的。铁老拐说：兄弟一起立名号，在外也让人多几分忌惮，你们仨就都用咱们寨子的星字号，老大"铁魁星"，老二"铁义星"，老三"铁镖星"。

这三兄弟的匪号一出就能看出来，铁拐子是要把铁星寨交到这三兄弟手上。而且这匪号也是应了他们三人的特点：老大头脑灵光，为人沉稳，适合带头；老二仁厚义气，能笼络住人；老三武艺最好，当是得了铁老拐的真传。

铁老拐最喜欢老三，因为他天赋极好，而且还比一般人能吃苦。他们师门是一手铁弹子的绝学，最讲天赋，铁老拐自己就是在天赋上差了那么一筹，勤学苦练到最后功夫没有更进一层，反而练跛了一条腿。

铁老拐那一手铁弹丸的功夫在辽西土匪当中无人能敌，他自己年轻时绰号"铁镖"，现在就把这名号后面加上个"星"字给了老三。道上的人听了就知道，这铁镖星定是铁星寨出来的又一个游侠，肯定是不好惹的角色。

铁老拐活到六十多寿终正寝，之后三兄弟披麻戴孝给他送了终，这对于土匪头目来说绝对算是个善终。

铁老拐生前以为有这三兄弟带着寨子肯定错不了，但他没料到的是，这三兄弟带的寨子没过多久就彻底破散了。

## 18 遗情　YIQING

铁魁星接手铁星寨之后人称铁老大。铁老大带着绺子相当稳妥,走镖的供奉买路的抽水,有这打底铁星寨百十号人就吃喝不愁。

对钱财没太多奢求,日子自然就安稳,然而第二年大年前夕还是出了事。

铁魁星铁老大一直盘算着要砸个硬窑。所说的砸窑就是打家劫舍,是上门抢劫的意思,这是辽西土匪的行话。砸窑的目标都是各方乡里的大户,这里面又有软窑和硬窑的区别。

软窑说的是相对容易攻打的户院,而硬窑就不好办了。一些大户人家的院墙动辄修起两人来高,几乎堪比城墙,四角设有炮楼、炮台,房前屋后还会留不少暗眼儿,专门藏了炮手打冷枪用。这样的户院就叫硬窑,一般土匪都尽量少碰这种人家。

除此之外有一种挂旗窑。有些有钱有势的大户私家武装起来的人够强横,不单保自家,还要保乡里。为了显示自己有实力保一方平安,就在自家炮楼上挂起一面旗，意思是告诉周边的土匪胡子，整个这片地方都不好惹，我们不光守炮楼，还能出去跟你打。

铁老大这次要砸的，就是个挂了旗的硬窑，十八里铺刘家的大院。

按说铁星寨没必要找十八里铺刘家这样的大户去硬磕，土匪虽然说不怕死，但命也不是风刮来的。不过铁老大坚持要干，兄弟们也都没话说，毕竟砸挂旗窑这个事有时候不光是为了钱财，也能为绺子立威创名头。

那是过了小年第二天，天冷得紧，各家大户的租子基本收完了，就等着安心过大年。老二铁义星留寨守家，铁老大和老三带着五十多人呼哨着就把刘家的院子给堵了起来。

铁老大虽然投机冒险，但毕竟做事稳当周密。之前他已经瞄了这家将近半年，家丁护院里分别都有安插。这挂旗窑看似金刚铁桶，实际里面已经提前就让他给裂出了好几道缝子。所以动起手来没费太大劲，兄弟们也没什么死伤。

这挂旗窑就算是砸响了，然而等进了刘家这院子铁老大却有些傻眼。从院户里根本没翻出多少钱，却是找出了一库的洋枪土炮。粗略看一下，足够装备上四五百人的，而且多是那种不用点火的排枪，短把的快枪都有几十把。

众人看有这么多枪都很兴奋，钱虽然没多少，但枪也算好东西，有钱都不一定买得到。他们寨子里到现在还有人用着大刀，土炮都算好家伙了。现在不但寨子能立即鸟枪换炮，换成银子也不是小数。

然而铁老大认识这种枪，看数目刚好是新军三个建制的装备，许多新军都未必能用上这个。这种枪虽然能换不少钱，但短时间内万万不可出手，绝对不能放出一把到世面上去。

铁老大心里隐约觉得事情可能有些不妙，真不知这家人身后到底还有什么背景，怪自己下手前还是没摸透人家的底细。不过事已至此，打退堂鼓也晚了，现在只能是彻底把事做绝，不留口风，不落痕迹。

就在收拾场面的时候，一个兄弟好奇摆弄一支不用点火绳的长枪不慎走了火，一颗铅砂不巧穿透棉衣打进了铁老大的肚子。

好在砂粒很小，伤不重，铁老大也就没当回事。但是这枪上用的是精细火药，劲比他们常见的土炮大不少，所以入肉很深，这么小小的一颗砂粒就给他留下了病根。到了开春等铁老大发觉情况不妙的时候，肚子里面已经烂了，这时再想救人已经晚了。

铁老大最后把二弟铁义星叫到身边，临终要有一个交代，主要是他的一件心事。

他们铁星寨有规矩，有家室的人不收，入了绺子就终生不能再娶，寨里的兄弟可以嫖但绝不能娶老婆。这是铁老拐立寨时就定下的规矩。

这种戒条许多绺子都有，因此土匪胡子打劫有时不光劫财，还可能抢人家大姑娘小媳妇，当然主要还是花钱找窑姐的时候居多。铁老大不干抢民女的勾当，却在宁城的窑子里有个相好的，花名"满夜香"。

铁老大前两天还能强挺着，硬绷着一股精气神，看上去似乎还没什么大事。现在那口气儿再也绷不住了，人立即彻底萎蔫了，说话也上气不接下气。

铁老大和二弟铁义星说：我说的这个相好的虽是个窑姐，但说来也不是旁人，就是红丫头，你应该听说过，后来在红砖大院又让我遇上了。我答应过要给她赎身，现在看，我是去不成了，但毕竟是红口白牙应承了人家的事。

老二铁义星知道红丫头这人，那是他们兄弟俩当护院那个骆家的一个使唤丫头。他是因为养伤比老大晚进了骆家小半年，因此没见过这人，但是可没少听说过。

据说那个红丫头风姿撩人，惹得骆家那些护院和家丁遇到了都恨不得把眼睛放到人家身上看。

传说家里的老爷在这红丫头身上每日把玩，所以这丫头早早的风姿四溢。但无奈老爷子年纪太大，身子实在不行，也只剩下把玩的份。而家里的大少爷也对她动了心思，一得机会就撩拨人家一番，让他得手大概只是迟早的事。

对于红丫头这样的下人来说，自己的身子本来自己就说了不算，和家里养的那些牛马都没什么区别，要是和上面的主子有了那层关系，没准还算多了份倚仗，说来也算不得什么坏事。

对于大户人家老爷少爷来说，私通个使唤丫头也根本不是什么稀奇的事。

不过问题是老爷和少爷同时都瞄上了同一个丫头，这就有点麻烦，总有一个人要主动让一让，至少也要回避一下。这家少爷懂这个道理，知道自己要回避。

不过有一天老爷出门喝寿酒，少爷在家终于得了场机会就把红丫头拉进了房。红丫头也知道早晚都有这么一天，但她不知什么时候多了个心眼，非要让少爷应承收她做个妾。

少爷痛痛快快就答应下来了，但是红丫头却还是不肯让他得手，非要等到有了这个名分之后再说。

大少爷这时实在急火在身，手上就动了些力气。慌乱中的红丫头忽然失口叫出了一声。就是从东厢客房传出来的这么一声，彻底断送了她以后给少爷做妾的期望，也改变了她此后的命运。

这家的少奶奶没发话，但老夫人不答应。老夫人说这丫头从小眼媚，早就知道长成了肯定不会安分，必须把人赶快送走，否则这家风难保，没准多少人还会上她的道。

少奶奶话虽不多，但心却阴狠。有了婆婆的这话，她特意安排了自己娘家人，一定要找城里最烂的那种窑子，一定要把这人卖到最烂的地方去。

然而这个红丫头着实是姿色出众，窑子里人见她算得上是难得一见的美人坯子，就又转了把手，把她送去了红砖大院。

没人会想到，这次遭遇非但没把红丫头送进苦海，反而成就了她的一场柳暗花明。

红砖大院是宁城乃至整个辽西最顶流的烟花地，那里最负盛名的又属内院的四香阁。

四香阁分别挂牌梅兰竹菊，不仅是豪奢的风月场，也是顶流的风雅场，无论是坐阁姑娘还是侍阁的姑娘，不但要讲花容月貌，还要才情并举，琴棋书画必须都是从小开始调教。

然而这红丫头却打破了四香阁的这个先例。她大字不识几个，全凭着一身姿色就坐进了菊香阁，摇身从一个使唤丫头变成了坐阁头牌满夜香，这在四香阁挂牌开门以来是绝无仅有的。满夜香后面又遇到了当年的秦荣，也就是后来的铁魁星铁老大。

铁老大这样的胡子头，在土匪窝里能叱咤风云，在黑道上能叫嚣骤突，但是和满夜香这种头牌身边的一些官差富贵比起来，还真未必算得上什么。但是满夜香对铁老大却似乎是情有独钟，她常和铁老大说，自己就喜欢土匪，窑姐配土匪绝对是门当户对，他们俩就是门当户对的绝配。

铁老大心知自己终究是不能娶这红丫头。一来入绺子时自己起誓立过规矩，二来自己吃的是刀刃上的饭，自己的生死都没准是哪天的事。

不过铁老大确实是在这满夜香身上动了真感情，就算自己不能娶她，给她赎身还是要的，然后送她去个能过正常日子的地方。连这个地方铁老大都已经想好了，却迟迟不舍得真赎她走。因为赎她走的那一天，也就意味着是二人要分开的时候。

铁魁星铁老大最后时刻和二弟铁义星说的话大概都是关于满夜香。

老二知道大哥这辈子缺女人缘，当初从四方村老家出来就是因为在女人这道坎上受了挫，后来入绺子又遇到这样的规矩戒条。他看得出来大哥这次是真放不下。

铁老大和老二说：红丫头在红砖大院，菊香阁，在那叫满夜香。再遇到了是缘分，成了相好的又是一层情分。我没想过娶她，但我不能让她一直在那。人赎出来你帮我送到边门佟爷那，佟爷这人义气。我欠佟爷一条命，佟爷欠咱们一个情。佟爷要是看得上红丫头就让他干脆把人收了，也算我还他个情；佟爷要是不收，我们送过去的人他平时自然也会给个照应。帮我把人赎了，送到边门那，我就剩这么一个事。

铁老大没撑几天就走了，给满夜香赎身的事就落到了铁二爷身上。

二爷铁义星知道大哥是动了真感情，但是赎人这个事还真让他有些为难，简单点说，就是没钱。

土匪胡子来钱的道其实并不多，真正能干的买卖也没几样，而且样样都不那么容易。

就拿最平常的劫道来说，听起来是个没本的买卖，进可攻退可逃，貌似简单，可实际根本没那么好干。

首先穷人不能劫，不但抢不来什么东西，还损名声伤阴德。要是真能得到钱财可以不怕伤德，但是拿不到什么钱又把名声给亏了，那就得不偿失了。

抢富人的话也不易，富家商户的财物上路都有押镖的，和人家镖师硬拼肯定有损伤。而就算你肯舍命去拼，也未必就能下得去手，只要人家镖旗一插，十有八九你就得眼看着放过去，毕竟不能白拿人家镖局平日里的供奉。

除了拦路抢劫，还有就是砸窑，这就更不用说了。这年头的财主都知道自保，几乎家家都在建炮楼，因此砸窑现在另一个说法就叫"捅炮楼"。

至于说进城抢劫那些官家商贾，根本就不是胡子土匪能干的事。城里不但有兵有差，而且进城明抢就相当于造反，就算你没有造反的意思，只要干出这事来就是造反的罪名，后面各路追缴肯定免不了，就算抢到了钱，也未必能有机会再花了。

铁老大所说的那个叫红砖大院的窑子在宁城，宁城可不是一般的县城可比，硬砸更是不可能的。所以铁老大一直说赎人，他也根本没动过抢人的念头。

去一般的窑子赎人还好说，那个红砖大院铁义星知道，在整个关东地界都算得上数一数二的销金窟。里面号称梅兰竹菊的四香阁他也听说过，那里都是头牌中的头牌。

满夜香既然能坐菊香阁，那价钱肯定不低，赎身钱绝不是小数。铁二爷现在明白铁老大为什么非要砸个挂旗窑了，可惜那次只拿回了些洋枪，搭上命也没抢到什么钱。

但是对铁二爷来说，义气为重，他和大哥是从小到大的情义，大哥最后只交代下来这么一件事，绝对不能不办。

于是铁二爷赶紧让各方镖局预支了供奉，又找其他绺子让出了一些抢来的洋枪。收拢上寨子里所有能用的钱，铁义星就带上两个兄弟进了宁城。

## 19 / 头牌之劫

TOUPAI ZHI JIE

铁二爷进城用了一身普通商户的装扮。他个子偏高，在他们三兄弟中当属最俊的一个，尤其两条剑眉显得脸庞英气十足。他的这副样貌和这身衣服显得有些不搭，怎么也看不出商家身上那股温润世故的味道。

铁义星以前还从没去过红砖大院这种一掷千金的地方，不知道看人下菜碟在那种地方到了什么地步，所以他用的这身衣服多少有些失算。

门厅接引他的是一个白面小生，小生一边引客进堂一边弓着身子问：爷有相熟的姑娘吗？

铁义星说：我找满夜香。

小生愣了一下又问：爷找满夜香是什么事？

这小生是觉得，四香阁姑娘一场的费用足够一般人家几年的用度，根本不是普通人花得起的。看这位的穿戴和面相都不像出自大富大贵的人家，所以就觉得这可能不是客官，说找满夜香大概是有别的事，平时给姑娘们上门送些胭脂绣纺的商家也是常有。

铁义星听了略微一愣，他觉得这小生的问题有些问题，到这地方找姑娘居然还问是什么事。他随即大概明白过来，这好像没把自己当客人。

原本铁义星是想直接让他叫管事的出来，不过听了这话呵呵一笑答道：来这地方还能干什么，我赎人。

铁义星这是实话直说，直截了当说了来意。不过这话在小生那边听来就纯属是在嗑人抬杠了。

小生直起身也呵呵一笑说：得嘞，要赎我们四香阁的姑娘。那我可要把话和爷说明白，四香阁进门起步花销一百块，哪怕进去看一眼也是这个价。进去过您就知道了，这钱花了肯定值。

铁义星听了这话顿时眉头一紧。一百块这点小钱他还不在乎，但听说进个门就要一百银圆，他是担心自己身上这赎人的钱到底够不够。

小生见了铁义星的表情心里更有了谱。讪笑着揶揄说：这位爷，四香阁咱现在进吗？这进门的钱都是后结，您要是不在乎让我先过一眼也行。

铁义星知道小生这话是什么意思，人家是从一进门就没看得起自己。不过这家伙还真没看走眼，要不是给大哥办这趟事，一百块这个价放在平时自己是绝对不会花。

铁二爷不想和这种小厮计较，但此刻他心里已经有了些不快，又被人话里揶揄，于是他没再开口，掏出沉甸甸一封银圆拍到那小生的手里。

见了银圆小生立刻变了脸色，他知道自己是走眼冒犯到贵客了，这时哪里还敢接钱，连连躬身点头说：爷您恕罪。接待四香阁的贵客我可不配，您稍等。

在接引小生那里，铁二爷忽然感觉到自己这土匪干的好像有些窝囊。自己现在好歹也是一个带头当家的，连他都这样不入世面，寨子里那些整日出生入死的兄弟就更不用说了。

接引小生刚走，很快就迎出了老鸨，大概有四十多的样子，画了淡妆，一迎上来先自报家门说自己名叫紫霞。

红砖大院这紫霞老鸨不开口时端庄淑雅，像个大家主内的贵夫人，但她一开口完全又是另一副腔调，满满的粗俗谄媚。

老鸨见面就挽住铁二爷一条胳膊先开始道歉：爷您恕罪，刚才那小乌龟就是脑子有些不好使，这次我一定亲自把他小龟头敲烂，爷您要是不解气我这就当着您的面敲。

铁义星眉头略展，心想这样迎来送往确实也是门本事，这时候要是有老三在就好了，他对这种地方不陌生，他那张嘴肯定要借机刁难人家一场，自己只要看热闹就行。

老鸨这时几乎贴在铁义星的脸颊旁说：爷这是头一次来吧，我让我们这儿的姑娘都出来和您打个招呼吧。

铁义星可没心思看她的那些姑娘，这时他心里除了想着大哥的托付，还在盘算着那进门就是一百的价格。他摇了摇头说：其他姑娘不用看，我找满夜香。

老鸨听了这话以为他还在生刚才的气，娇嗔一笑说：怎么也要给我的姑娘们一个露脸的机会啊，让姑娘们挨个和爷照个面。

老鸨紫霞的表情似乎是在替她的姑娘们表示委屈。铁义星觉得有些不耐烦，又说：不用了，别人我谁都不看，只找满夜香。

铁义星从小说话行事就硬气，如今当了几年土匪又多出几分强横。老鸨这时面露难色道：爷这是第一次来就把我难住了，满夜香已经被人包了。怎么能就认一个满夜香啊，您就先让别的姑娘来过过眼吧。

听到这铁义星觉得这紫霞是浑身心机，刚才一直给自己推别的姑娘，现在才说满夜香有人包了，也不知是不是真的。铁二爷有些不悦说：有人包了又如何，我现在是要赎人。

听了他这话老鸨就更觉得这人还在生刚才在门口受的气，哪有连面都没见就直接赎人的。而且看他这装扮也根本不像能赎人的样子，更不用说四香阁的丫头，现在看这样子倒更像个要捣乱的。

老鸨于是又说：爷您一看就是通情达理的场面人，先来后到的规矩我这总要给大家守着吧。我们这可不光有四香阁，出了四香阁还有红楼十位头牌呢，我还是劝您在这喝口茶先挨个看看。

铁义星皱起眉头道：话我不多说，你赶紧把菊香阁满夜香叫来，我谈妥赎人。

老鸨也皱起眉头说：爷您这可真是难为我了。我们院里还是要讲规矩的，要是您先包下了哪位姑娘，我也不敢让她再伺候别人了不是！

这老鸨话虽圆滑，貌似头头是道，但铁义星听了就有些恼怒。这种地方的规矩他知道，包身大过流水，但卖人赎身更是大头，即便是真被人包了，也没有连个面都不给他见的道理。

铁义星直视着紫霞说：有什么话你就直说，你们的规矩当我不知道吗？包身和赎人哪头轻重你们自己最清楚。别人能包，我却不能赎，这样推三阻四连人都不得见，你们是当我出不起这个钱吧。

铁二爷说着话重重拍到桌上一张银票。

紫霞老鸨瞥见这张银票顿时暗自一惊，马上意识到这人不能小看，自己也是走了眼。连忙说：爷啊，不在这个……

这几个字刚出口，铁二爷按捺不住火气，还不等她把一句话说完就又把一张银票狠狠地拍在了桌子上。

这是铁义星身上最后一张票子，寨子里当下能用的钱全都在这，这张银票拍出来之后他的火气也上到了脸上。

老鸨看得懂脸色，这时也收起了媚态正色说：我和你说了真不在这个。我实话说吧，满夜香和整个菊香阁都被人包了。人家给长包和赎人都下了定，菊香阁的姑娘现在我都动不得。这个人我们可根本得罪不起。刚才怪我，揣着自己的小心思没开始就和爷说明白。

铁义星听了一惊，竟然有人这么豪绰要赎整个菊香阁。赎别人他不在意，但要赎满夜香绝对不行。他这时呵呵一笑和老鸨说：别人你们得罪不起，我你们就得罪得起？

说完铁义星也不想再多啰唆，起身就要硬闯，向后打量着哪处才是菊香阁。

这时老鸨身边一个汉子跨步拦过来向他一抱拳。铁二爷刚才拍那两声桌子的时候已经招来了七八个大汉站到了老鸨的身边。

这汉子功夫如何不知，人是格外地威武，上前一抱拳说：这位爷息怒，压压自己的火气。我们这是敞开门的生意，什么话都能陪您好好说，但是千万别伤了和气。要是伤了和气我们这些人都没什么，我们就是吃这口饭的，就怕您面上挂不住。

汉子这话软中带硬，在铁二爷听来已经算是带着挑衅的刺了。铁义星知道，这是护场这些人动手前的套话，现在这应该算是比较客气的一套。若是放在早先，话不用等这人说到一半，铁义星必是已经率先上了手。

在他们三兄弟当中，老大内敛沉稳，老三放荡不羁，老二的性子最是刚烈。铁义星是个容易意气用事的人，碰到这种场面才不管你对方是多少人，宁可自己吃亏也不能失了场面。

但是铁老拐收他们兄弟仨当徒弟之后，教给老二的第一个道理就是留得青山在不愁没柴烧。铁老拐说这话里是两层意思，一是好汉不吃眼前亏，二是有仇必报，但不急一时。

铁二爷这时还不至于失了沉稳，心里又想到了师傅反复叮嘱他的这句话。他也向前抱拳一笑，看了一眼紫霞老鸨和她身后的人，又扭头看了一眼后院的四香阁，抓回桌上的银票大步出了门堂。

二爷铁义星这趟进城是头一次觉得自己这土匪当得有些寒酸。铁二爷平常是守山的时候居多，进城的次数少，这趟进城不仅是寒酸了一回，还窝囊了一回，不要说赎人，居然连那满夜香的面都没见到。

这口气铁二爷一时还能忍得下，但是满夜香的事他却不能等。铁义星连夜带出寨子里三十多号人，不是为了给自己找回场面，而是要硬抢满夜香。

红砖大院那紫霞老鸨已经说了，满夜香不但被包了，后面还可能是要赎人。要是她真被人给赎了，那自己答应大哥的事可就落了空。

因此铁义星也不打算再筹钱叫价了，干脆趁夜干上一票。红砖大院那位置他已经探过，好马一气快冲的距离差不多就到了城北门。

他带着一众人到北门外，老三想替二哥进城拿人。铁义星说：里面的活不难，谁进去都成。关键是在这城门，所以你要守这里。一旦里面响了枪，还要你保我们不被关在城里。

铁二爷后半夜进城，人带得不多，一共六个。红砖大院那紫霞老鸨见到这伙蒙着脸的歹人时吓得瑟瑟发抖，但她没有乱，坚持站在原处紧闭着眼睛，一动不动一声不出。

可她身旁的一个伙计却没这么懂得应场面，或者只是慌了神，被铁二爷同来的一个兄弟一刀豁开了喉咙。这一刀又快又准，是他们在绺子里每天都要练的，两步之内骤然出刀，保证一般人连声都发不出来。

三人端枪瞬间震住门堂所有人，一人盯在门口，铁二爷则是带着两个人直奔菊香阁。等他进到房里却发现这里有两个姑娘，这俩姑娘年纪差不多，打扮也相仿。一个看他们闯进来就把头扎进被摞里浑身发抖，另外一个在炕沿边也吓得浑身发颤，一脸惊悚地看着他们，随即又紧紧闭上了眼。

铁义星这时也蒙了脸，低声问道：哪个是红丫头？

他这一声不大，然而在那两个姑娘听来可能如同索命的炸雷。蒙在被子里那个呜呜哭出了声，另外一个腿一软跌坐在炕边，两人都根本没有回他话的意思。

这时院里的土炮声响了。枪声是在后院，听声音铁义星就知道，护院办的这是场面事，不管打不打得到人，先放一枪。按规矩他这边也要给人家护院的一个回应，果然厅堂那边随即也传出了他们人的枪声。

枪声一响就必须赶紧出城。铁义星皱了皱眉，俩姑娘听到枪声怕得更厉害，看来让这俩人答话一时是有点难了。铁二爷无奈一笑：不耽搁，把两个都带了。

铁二爷带来的人全是短把快枪，快枪和土炮完全就是两回事，声音也不一样。他们这种枪一响，后面的护院就没人再敢露头了，因此铁义星一行毫无阻拦出了门。

七人都是精健的骑手，七匹马都是寨里最好的快马，一气快冲就到了北门。到了城门下每人朝天连放三枪，紧跟着城外也呼应上了枪响。

那城门的机关此时早已被老三暗中做了手脚，为了稳妥老三自己就藏在暗处防着有人关门落闸。不过守城的听到里外都有枪响全都缩了起来，根本就没人顾着城门了。

铁义星一行眨眼就到了城外,一口气跑下去丝毫不作停顿。其余人又向城上放了一排枪,这是让城内的兵丁知道外面有接应不敢贸然出城,而后紧随着铁二爷一溜烟扬长而去。

等城内军队集合起来又放出探子摸底,铁星寨这伙人轻装快马已经进了乱苇滩。

乱苇滩里蜿蜒辗转过了四道岭,再没多远就是他们半荡山了,走到这一队人开始慢了下来。

老三铁镖星一路都在好奇,到底是个什么样的女子能让大哥临死都放不下,但是夜幕之下根本看不清人,走到这里他就急着凑近了想看个究竟。哪知他这一看才发现那姑娘挟在马背上竟然已经断了气,也不知是颠背了气还是被吓过了头。

二爷铁义星顿时感到头皮一阵发麻,赶紧去看另一个姑娘的状况,见这姑娘没事连忙问:她叫什么名字?

那女子战战兢兢地答说:今百合。

铁义星略舒一口气,连忙又问:那你呢,你叫什么?

女人回答:白棋花。

# 20 / 白棋花

BAI QIHUA

    白棋花原来名叫柳绣，早先在家里还有个小名叫大丫，不过这小名她没用上几年就改成二丫了。柳绣五岁的时候父亲柳英中病故，不久后大伯丧妻。于是两家并作一家，大伯收了当初的弟媳和侄女。

    这大伯原本也有一个女儿，比柳绣大半岁，小名也叫大丫。这时按年龄排柳绣就成了二丫。

    二丫不仅是名字让给了姐姐，吃穿方方面面都要让着人家。不过大丫的好日子也没过多久，不到一年母亲就给她们添了一个弟弟，等隔年再生第二个弟弟的时候母亲就说：两个丫头是不好都养在家了。

    大伯挨个看了又看两个丫头，又想了想家中的用度光景，两个丫头一个是他的亲闺女，一个是弟弟的亲闺女，送走哪个都不好取舍，最后他终于一咬牙，不偏不向把两个闺女都交给了人贩子。交给人贩子的用意就是为了把人能送远点，也好彻底抹了日后的惦念，就当从来没有过。

这人贩子也算厚道，确实没在这附近出手，而是把这姐妹俩带到了千里之外的宁城，送进了远远闻名的红砖大院。

红砖大院位于宁城北市。这片地面原本是下九流的皮肉场，据说最早是十八间门房，因此这块地方也一直被称为"十八间"。

"十八间"后来不断拆分、搭建，逐渐变得面目全非，最终已经不下四十间。大一点的门房可能有两铺炕，摆一张方桌；小一点的几乎进门就是炕，在炕上放一个炕桌。

在十八间这里做着皮肉生意的女子是真正的窑姐，她们来去自由，只需交租，租下一间门房或者几人合租一间就可以开门迎客。窑姐们不一定漂亮，不一定体面，甚至未必整洁，有些还可能已经上了年纪。

真正供养着十八间这些窑姐的不是偶尔出来消遣的那些嫖客，而是一些游走在温饱边缘的苦人，货郎游商、脚夫劳力，也有镖师乃至土匪胡子。

这些苦人不但是穷苦，而且还孤苦。他们选择了漂泊不定的行当为生，往往是常年在外无期，不仅是无期，就连下一步去哪都说不准。

这样的人如果孑然一身或许还能保得些许体面，而如果强撑一个家的话恐怕全家都要挨饿，反而成了拖累。因此他们的女人都是聚一次算一次临时花钱买来的，喜相迎笑相送，不问归期两无牵挂。

正是这些人，供养着十八间那些当了窑姐的婆娘，身上有了余钱就花一次，手上紧了就一个人挨着。如果在哪个窑姐身上有了情，也就是在宽裕的时候多去几次，把那份钱只花在一个人身上，这就是他们所谓相好的了。在有些人看来，相好的可能相当于他们的三分家室，一处无须自己独立供养的家室。

对于窑姐们来说，相好的就是回头客，一个相好的能养自己一时，只有多揽下些这样的人才能稳稳当当维系住日子。倘若真对这里面哪个汉子动了情，无非是把酒给他多烫上一会儿，再多些发自内心的温存，仅此而已再无其他。

红砖大院是彻底夷平了"十八间"之后重新建起来的风月场，虽然也是做着皮肉生意，但和当初的十八间却是天壤之别。

这座红砖大院背后真正的主人乃是盛京权贵。盛京是关东首府，当年赵氏一族入主关东并且在这里官至封疆大吏，辅佐赵家而来的一班人也随之飞黄腾达，其中居功至首的一人名叫江枢荣，人称江爷、江先生。这位江先生极受赵家人重用，然而他却无意从政当官，志在经商聚财。

实际上江枢荣是想在关东开辟一片自己的基业，在盛京之外另造一座盘踞自家势力的商贸之都，这个地方最终被他选在了宁城，红砖大院就是他在宁城巨资打造的一处手笔。

江枢荣商贾世家出身，家教甚好。他不好寻花问柳，但对于风月场所却情有独钟，这种地方最能彰显背景权势，也最聚官商权贵。江爷想要在宁城打造一处关东第一，甚至天下第一的风月场。为了显示与所有别处的青楼分庭，他取名"红楼"。红楼外面用了关东传统的风格，内是南北兼具中西融合的建筑，因为院套的清水红砖墙尤为精致显眼，所以又被人称为红砖大院。

江爷从营造红楼之初讲究的就是极尽奢华，除了奢华最重要的还有高雅。江爷认为顶流的风月场所一定要高雅，但又绝不能做成大雅之地，否则就要贻笑大方了，必须要做到高雅而不失浅俗。

红砖大院里的姑娘都是正当年华卖了身的女子，不仅样貌出众，还要兼具才艺，讲究才貌双全。其中最负盛名的又属内院挂牌梅兰竹菊的四香阁，里面的姑娘个个堪称头牌中的头牌。

四香阁的姑娘从各地精挑细选而来，不但身怀绝色，而且诗词格律、琴棋书画各有所长，全都是由专人从小开始调教。不过这当中却也有一个例外，就是从骆家出来的那个红丫头。

那红丫头是从小就在骆家当用人的，大字不识几个，但她被转卖到红砖大院不久就坐进了四香阁，单凭一身媚色硬是摘得了菊香阁头牌的花名满夜香。

这满夜香当时在四香阁算得上独树一帜，不但姿色超群，手段也相当了得，揽得一众显贵的追捧，最终又被她所钟情的一个相好的赎身做了小妾。

满夜香以前常在和人笑谈时说，要给他赎身那相好的就是个土匪，她们窑姐和土匪绝对是门当户对。不过最终赎她那人面相看来并不凶悍，大夏天也穿一双马靴，因此有人猜测那可能是个外来的军爷，也有人说那就是个贩马的。

这红丫头一走，菊香阁头牌满夜香的花名一刻也不能空下来，红砖大院也从来不缺妙龄当季的姑娘。后继的人选这时就落到了当年被人贩子带过来的大丫和二丫这对姐妹之间，姐妹俩这时正好来到了最上得台面的年纪。

二丫柳绣和姐姐大丫来到红砖大院时年纪尚小，但是已经可见都是一副好相貌，不然人贩子也不会千里迢迢特意把她们带到这里。

姐妹俩从此开始接受专人调教，姐姐大丫还算有些灵气，学艺也用心，但是二丫柳绣却样样不行。弹琴唱曲她耐不住性子，识字背书更是一种煎熬，她觉得学这些东西简直比生杀自己都难受，几乎每天都要受上一通责罚。

为此院里的紫霞亲手打她的次数就数不清，但是打得再狠都没用。为了不学那些东西，还没等长成身子她就急着要到前庭接客，为此甚至自己偷着喝了院里给姑娘用的那种断生水。

不过即便这样也没用，那紫霞老鸨绝不会答应放任这么一块璞玉跌了价。柳绣无数次说自己以后根本不想当什么头牌，就想早点出去接客人，只要不逼她学那些东西干什么都行，然而那紫霞却非是要把她打磨成器不可。

就在这个时候，红砖大院请来了一位棋师，这棋师温文尔雅倜傥洒脱。

据说这是一位高人，十五岁就曾摘得功名当了贡生，后来却离经叛道放任心性，不想拘于一切世间礼束。于是他彻底弃了学业开始游历四方，最爱徘徊于各地的风月场，以一手书法和棋艺立身。

这棋师很快注意到了院里有一个因为学艺几乎每天挨打的姑娘，但再怎么责罚在这姑娘身上似乎都无济于事。棋师有些心怜，于是特意摸着姑娘的心性为她创了一路棋法。

这路棋法不能走先手，不用去布局，下棋随性，只凭方位上的直觉落子。学了这路棋法之后是输多赢少，不过每个赢下来的人都会感到经历了一番波折，稍不留神还会输。

二丫柳绣学习其他才艺不成，下棋也是只懂规矩但看不到章法，不过对于这路棋却有些灵气，也开始在棋盘上沉下了心性。这棋师就借着她下棋的兴致又特地给她做了一套应景的词曲：

**圆起圆落，拈指离合；纵横捭阖方寸间，纷纷扰扰黑白已。会心拨盘珠玉手，对意香格两额眉。**

**缘起缘落，念执离合……**

这段唱词成了二丫柳绣唯一的招牌曲。此后她便开始以棋艺著称，因为她下的是后手棋，只习惯执白子，由此就有了她白棋花的花名。而这时姐姐大丫也得了花名今百合。

菊香阁头牌满夜香这花名后继的人选此时来到了白棋花和今百合这两姐妹之间。二人都是一等一的身姿样貌，同在含苞待放的芳华。这时候只等一位不吝出价的金主，金主率先买下哪一苞，谁就是今后菊香阁的头牌满夜香。

恰在那时盛京赵府的大管家江爷迎来一位贵客，据说那还是一位王爷，江爷特地提前赶到宁城迎候，要在四香阁大摆排场，迎侍的姑娘必须是四香阁的头牌，并且还要玉洁冰清。

如此一来，最恰当的人选就只有菊香阁那姐妹俩，王爷选中谁谁就直接是菊香阁坐阁的头牌。江爷嘱咐按下菊香阁，王爷若是一旦示宠这二人都一并送走也有可能。

然而今百合和白棋花还没有等到那位京城的贵客，却先等来了传说中的土匪胡子。

暗夜深岭乱苇滩，似时有狼嚎，似时有鸦鸣，又似死一般的幽静。

身边一群脸上蒙着黑布的土匪胡子，白棋花这时吓得连哭都不敢出声了。不过她怎么也没想到，姐姐今百合居然就这么被吓死过去了。

二爷铁义星这时已经盘问过原委，明白自己劫错人了，又问她道：原来那个满夜香被什么人赎走了？

白棋花摇了摇头，又说：贩马的。

铁义星心想，既然红丫头是被人赎了，她离开窑子有了自己的归宿，这也算是了了大哥的心愿，事已至此自己和兄弟们也算尽了全力了。于是他心里一边这样盘算着，一边就要上马走人。就在这时他听到身后白棋花开始放声大哭。

白棋花原本已经止住哭啼，这时见这些歹人要走，马上意识到这里马上就要剩下她自己一个人了，尤其身旁还躺着死了的今百合，无论这暗夜荒滩还是死人尸体都比那群歹人更要瘆人，于是顿时又哭了起来。

铁义星听到哭声意识到自己这么走确实有些不妥，这事是自己的过失，人绑错了，还害了人家窑姐好好一条性命，这么一走了之的确实不仗义。

铁二爷拍了拍马背没上马，转回身招呼手下人说：到了这也不用急了，把人埋了吧，毕竟是个大姑娘，别让人家曝尸荒野。铁义星亲自和人一起动的手，挖好一个浅坑后又从马上拿来自己遮雨的披肩给今百合苫在身上，最后还对着填起来的土堆抱拳行了一礼。

埋好了今百合铁义星又看向白棋花，剩下这姑娘也不好甩手不管，不过活着的反而比死了的更麻烦。老三这时也打量起白棋花，看她梨花带雨的样子故意吓唬她大声说：这个小窑姐也埋了吧，俩人在这正好做个伴儿。

铁义星思量了一下，无奈地对白棋花说：姑娘，今天出了误会，让你遭牵连了。要是想回去你就自己走吧，我们可不管送，要是跟着我们走那你可就回不去了。

白棋花只是征了一下，随后想都没想连忙开口说：只要别把我扔在这就行。

老三铁镖星这时又在一旁接道：这姑娘够愣啊。我们可是土匪，你还真敢跟我们走，不怕进了土匪窝给我们挨个当婆娘。

白棋花说：只要别把我自己扔在这就行。

铁镖星笑着说：二哥，你看这姑娘，长得真不错，收回去当婆娘吧。

铁义星对老三无奈一笑，打量过去又问：你叫什么名字？

我叫白棋花啊。

铁义星听了不禁又是一笑说：还真是个铁杆的窑姐。我问你真名。

白棋花答说：柳绣。

## 21 / 劫遇

JIE YU

美女白棋花被劫去了土匪窝，她知道自己肯定是要给土匪当婆娘了，刚刚就听有人说是要她给这些土匪挨个当婆娘，于是这一路上白棋花忍不住挨个打量着这些个歹人。

白棋花从小在红砖大院里见过无数的男人，高的矮的、胖的瘦的、老的少的、文雅的粗陋的，各式各样的男人都有。她是早早就想要到前楼迎客的，遇上什么样的人她都不在乎，至少比自己每天被逼着背书学艺要强。不过今天这样的人她以前可从没遇到过，尤其是走在当中那个领头的，白棋花的目光一次次落在他身后，虽然刚刚也没看清脸，但能感觉到他和自己见到过的所有男人都不一样，这人的身上有凶险，有神秘，有让她不敢直视又想多看几眼的诱惑。

天快放亮的时候，白棋花终于被送进了所谓的匪窝，接手安置她的人被称作老郑，看上去有五十开外的样子，腮帮上有一条刀疤。这地方看起来像是个酒坊，劫她来的人一散就只剩下老郑一个，于是白棋花猜测自己可能是要给这老郑当婆娘了。

老郑是中等个头，身子精瘦，佝偻的背，白天里时常咳嗽几声，到了夜里咳得更甚。白棋花一声一声数着老郑的咳嗽，判断着他离自己的远近，不过老郑始终都在侧屋，大概还在喝着酒，白棋花就这样数着老郑的咳嗽睡了过去。

这老郑在铁星寨里和铁老拐是称兄道弟的交情，当年曾为铁老拐挡过一枪，那一枪戳断了他一根肋骨，留了个血窟窿。谁都以为这人肯定是活不成了，没想到他居然活了下来，只是就此身子大不如前留了病根。

铁老拐当时感激老郑舍命相救的恩情，就问他有什么要求，兄弟们向来都重一个义字，只要是能办到的一律不在话下。有了铁老拐这话，老郑还真触动了自己掖着的一桩心事。

老郑的爹妈那时都在，人已经快七十了，老家有哥哥在，所以养老送终这种事他从来没操心过。但是没想到他那两个哥哥居然都没活过老人，一前一后都先走了，老郑也是前几年才知道这事，从此心里就开始有了梗。如今借着这个机会老郑就说：我想下山。

看着铁老拐骤然阴下来的脸，老郑顿时意识到坏了。他自己前些天以为命不长了，弥留那阵子唯独就剩这么一桩心事放不下，所以接着话头没怎么过脑子就开了这个口，现在看来显然是冒失了。

如今自己虽是对当家的有恩，可退伙下山这事触了绺子的规矩。入伙就是一辈子，兄弟老死不脱寨，这是立寨时定下的规矩，也是他们入伙时起过的誓。他们铁星寨的人最重规矩，当家的铁老拐在这上面更是从不马虎。

铁老拐的神色被老郑看在眼里，他立即意识到自己口快欠了考虑，虽然是趁着这么个机会提的要求，但到底还是触到了底线。只怪自己话已经出口，想收回来也不可能了。

老郑自己当了大半辈子土匪心里最清楚，那些当家的可是个个都有翻脸不认人的本事，否则根本吃不了这口饭。铁老拐听到他的话就阴着脸皱起了眉，脸上的神色已经算一种回应，现在就算是答应让他下山他也未必还有这个胆子走了。

果然铁老拐沉默了片刻依旧皱着眉头说：咱们寨里的规矩你不是不知道，你说这事是三刀六洞的报应，就算我这当家的也不能破。

铁老拐随即又说：你对我有恩，我就当你这话没说过。不过话说回来，正是你对我有恩有义，咱们又是多少年的老兄弟，我又不能当你没说过这事。

老郑这时已是一身冷汗加一头雾水，就听铁老拐继续说道：咱们半荡山西边那处砖窑你知道，那是咱们放在外头的暗线，用的都是自己人。东边不能一直空着，你就去东边沿着苇子滩那条路上找个地方开间酒坊吧，都知道你平时爱烧个酒。我不给你安排人手，也不安排你什么事了，最多平时里外传个口信。自己在外养好身子，要是惦记兄弟们你就多烧出来点好酒犒劳大家，惦记爹娘也可以接到边上的村里有个照应。你那点心思我知道。

老郑独自操持起来的酒坊摊子不大，平时就他一个人，动工的时候随时从周边村子里请帮手。他烧酒用的是乱苇滩里特产的一种野高粱，开春随处撒一片头年采回来的种子，然后不除草也不施肥，就任由它们和蒿子苇子长在一起，能不能拔出苗来全凭它们自己，最终能不能长成抽穗也全看自己本事。

这么长出来的野高粱粒小穗薄，当不得粮食，烧出来的酒也很少，但是味道称得上精品，据说这种酒还是强身壮骨的好东西。老郑用他烧出来的酒泡人参、泡鹿茸、泡枸杞，他本人身子精瘦又佝偻，于是有人就说他这酒除了劲大根本没别的鸟用。不过也有人说他这酒绝对是好用，老郑要不是一直喝着这酒早就没命了。

老郑的酒坊里如今多出来一个漂亮女子，山上山下过往的就有人开他玩笑说老郑攒钱给自己买了个媳妇，他烧的酒确实是见效，身子骨硬棒起来了。

每到这时老郑就会骂人家一句：你爹才买窑姐回家当媳妇。要是有人对白棋花起了念头，老郑就会说：这是铁二爷亲自送过来的人，可别怪我事先没给你提过这个醒儿。

白棋花虽然是离了红砖大院，但她并没用回自己原本柳绣那个名字，在酒坊里还是一直和人报着花名，自从被卖出家她就不想再姓柳了，刚好白棋花这名字她也喜欢。而且给她取这个名字的那位棋师她一直记得，她觉得那是她在外遇上的第一个真心对自己好的人，这名字也算是那人留给她唯一的一个念想。不过白棋花这名字很快就没人叫了，过往酒坊那些人嘴里都对她口称白二嫂。

白二嫂这称号自然也传进了铁义星的耳朵里，铁二爷听到之后立刻就不答应了，自己在山下一时收个窑姐不算什么，但是成了二嫂可就说不过去了。二爷铁义星在寨里上下一问才知，二嫂这称呼是从老三嘴里传出来的，老三和老郑关系不错，他游荡在山下时常到老郑那落脚，正是自己这三弟带头叫开的。

于是铁义星赶紧找上老三让他改口，哪知老三反而开始劝起了他。老三说：我看你们合适，收了得了，白二嫂那模样是真不错，和二哥你看着就般配。人家那边还有过话呢，她说土匪和窑姐就是门当户对。哈哈，咱们当土匪的可算有了门当户对的。

铁义星苦笑着和老三说：这话你可别提了，也别再四处叫人家白二嫂。咱们绺子讲规矩，我现在又成了当家的，不能让人觉得我开始带头坏规矩。

铁二爷看重寨子的规矩，然而老三却并不太当回事，又对二哥说：这寨子现在咱们说了算，管他什么规矩，你看对眼了就成。规矩还不都是说了算的人立的。

老三话虽是这么说，但是二哥的话他还是要听，从此对白棋花再也不喊白二嫂了，不过他改口成了白二姐，而且他还要求大家都不许再提二嫂俩字，以后一律都要叫白二姐。

白棋花也没想到，白二姐这称呼从此就一直跟上了她。铁二爷听到这称呼只觉无奈，怎么听还是和自己有关。没过多久，铁义星打定主意这人是不能再留了，要赶紧送走。

铁义星吩咐老三亲自跑上一趟，让他把白棋花送走。老三说：我还是那句话，管他什么规矩，二哥你看对眼了就成。要么干脆不当土匪了，散了绺子成家，咱们想干什么干什么。

铁二爷叹了口气说：当初留她也只是一时的事，让她现在走也不为别的，寨子现在有坎啊，咱们都可能要随时走人。

其他的话铁义星不想多说，至于白棋花的去处他已经给打算好了。白棋花的事说到底还是起于大哥生前那段缘分，大哥临终时和他有过交代，让他赎了那红丫头把人送到边门托付给佟爷。说佟爷要是看得上就让他干脆把人收了，佟爷要是不收也会给个照应。现在他带回来的虽然不是红丫头，但还是按大哥的说法办，就把人送到边门。

铁义星把大哥那番话又和老三交代了一遍，又说：大哥当初是让我亲自过去送人，佟爷能看出轻重。现在寨子遭事了我脱不开，这趟只能兄弟你过去。

老三听完只好无奈摇了摇头说：你和大哥还真是都舍得，要是我才不管那么多。

白棋花不知道边门是个什么样的地方，又一次不知道将要被带到哪里，不过自己已经进过窑子，进过匪窝，这次除了有些茫然也不知道还能有什么更可惧的。唯一有些担心的就是会不会又被送到红砖大院那样的地方，会不会又要每天熬着习字背书学琴。

老三也没去过边门，不过他告诉白棋花说那是个好地方，我大哥给他相好的找的去处肯定差不了，我二哥不亏待你，他给你安排了个好人家。

老三之前也从没见过佟爷，但是早就听说过，据说那是个极重义气的汉子，以前曾救过大哥和二哥的命，还拜了把子，按说也是自己的大哥。

第一眼见到那佟爷白棋花只觉一阵慌乱。她知道如何娇羞看人，如何冷艳看人，如何显得火热的看人，如何含情脉脉去看人，这些在红砖大院里都有专门教过，不过这时她全然忘了拿捏这种方寸，只愣愣地看了两眼就低垂下了头。在她看来，这人的相貌、身形、气度似乎全都撞在她心仪的尺度上，除此之外身上带着几分高贵。

老三见了佟爷马上行礼口称大哥，先是自报家门大名荣福，"荣"是他大哥秦荣的荣，"福"是二哥周福的福，自己排行老三，原本是个无名无姓的孤儿乞丐，跟了俩哥哥之后才有的名字，如今是半荡山铁星寨放在山下的游散，道上外号铁镖星。

佟爷伸出双手用力按了按老三的肩膀说：你这名号我早就听说了，一身好功夫名声在外，虽然一直没见过但我知道是自家兄弟，今天可算见到人了。

随后老三又把二哥交代的那番话和佟爷说了一遍。佟爷说：你回去时一定替我转告铁二爷一声，他能想到我这老哥就是信得过我，让他放心，你们兄弟亲自托付过来的人，我包管照应周全。

佟爷好好打量了白棋花，微微一笑又说：我那兄弟是用了心思了。你再转告一声，兄弟用了心的人我绝不会动，整个尚阳镇都没人能动。

佟爷的这句承诺白棋花也听到了，连她自己都不确定铁二爷那边的心思，这位佟爷却显得如此笃定。而佟爷这话果然是没有说错，二爷铁义星确实是为白棋花纠结着心思。

白棋花一走，铁义星就开始纠结起来要不要干脆放下规矩和绺子。当初自己离开老家当兵、当护院、当土匪，一步一步都是跟着大哥秦荣走过来的，这些事他以前从没自己琢磨过。如今大哥已经没了，现在看来自己这土匪也不是非当不可，以后这些事就要他自己拿主意做主了。

关于铁义星的这些话是老三后来说的。老三说他二哥是想好了也来投奔到边门佟爷这边，带他一起在这安个家，然而二哥终究还是没能脱身铁星寨。

听到这话的时候，白棋花到了尚阳镇这处边门已有两年，刚在佟爷的帮持下开起了自己的酒坊。之前白棋花从佟爷口中得知，铁星寨那边出事了，宁城已经出了告示，说多年盘踞在半荡山的悍匪悉数伏法，无一漏网。他也特意找人去打听了，告示说的正是铁星寨，他兄弟聚在半荡山的绺子彻底被剿了。佟爷当时好一阵叹息，又略有踌躇地问白棋花：你以后还有什么打算。白棋花想了想说：我全听佟爷做主。

此前白棋花已经不由自主地开始揣摩着佟爷的心思。这两年来佟爷经常和她一起下棋，一起品酒喝茶，她能感受到佟爷心中的暖，却感受不到这男人身上的热。如今铁星寨已经没了，她觉得佟爷那头的热度该来了。

不久后佟爷在尚阳镇五里外的头台村盘下了一座酒坊，他听说过白棋花在铁星寨的时候曾是帮人烧酒的，他自己也觉得这是一门好生意，边门地带的人都爱喝酒，而且不挑优劣。

从此白棋花就成了头台村酒坊的女掌柜，这连她自己都感到意外，她记得自己当初被劫到乱苇滩那处酒坊的时候还曾想过，哪怕是让她再那干些粗活也好。那些事恍如就在昨天，白棋花以为以后是再也见不到铁星寨的那些人了，却没想到有一天老郑忽然来了她的酒坊。

老郑来头台村时赶着一架牛车，车上有几坛子酒，还满载着乱苇滩特产的那种野高粱。也不知在路上走了多久，人看起来一身风尘。

老郑还没开口说话就又先咳嗽了两声，这咳声白棋花可是记忆犹新，不由得就想到了自己刚被劫到土匪窝的那个晚上，那时她认定了自己是要给这老郑当婆娘的。事到如今也就是两年的时间，在他身边出现过的人还个个历历在目，可那群在她看来一身血性为所欲为的男人却都已经不在了。

眼前的老郑看上去身子比以前更佝偻，不知怎么还跛了一条腿，精气神倒是丝毫不减，只是看起来明显有些疲累。老郑和白棋花说，在你门口摆三个酒坛子，老三到了晚上就会过来。

## 22 索命

SUO MING

  铁义星当初从宁城的红砖大院抢走了两个窑姐，他本以为不过是两个窑姐的事，没什么大不了，根本没想到这次捅了个天大的娄子，整个辽西黑道上的土匪胡子几乎全都跟着遭了殃。

  二爷铁义星不知道的是，最先受他牵连的当数宁城那些当官的，各级主政的或被贬或被查，而统兵那些人有的革职有的调离，几乎无一幸免。

  宁城官场的动荡过后才轮到外面的土匪，要对付的绺子不是哪一家，但凡出了名号的土匪胡子悉数在列，半荡山的铁星寨首当其冲，后来更被列为头号悍匪。而围剿半荡山的事最先来到了杨庭寿的身上。

  杨庭寿也是土匪出身，他爹当年就是成了名的土匪，因为在兄弟当中排行老六，所以外号杨六郎。杨六郎为人仗义疏财，成名主要是因为人缘好，关东到河北的黑白两道上都有他不少交情。杨庭寿和他爹一样人脉广，虽然后来投了官，但是和黑道上的交情也从不避讳。

宁城里出的事杨庭寿早就已经了解过，虽然不清楚到底什么人干的，但他知道所谓的土匪劫城，不过就是有一伙人从宁城红砖大院里抢走了两个姑娘，根本不算什么大事。他知道这红砖大院有大背景，但说到底不过就是两个窑姐的事，没想到竟至于如此大费周章，后面居然还搬出了谋逆造反的帽子。

这次剿匪的事杨庭寿也没想到能落到自己头上，他手下那些人可不光他自己知道，平日里和周边一些土匪胡子称兄道弟，通风报信倒是能用得上。这事既然能落到他头上，大概还是走个过场而已。

杨庭寿根本不想打铁星寨，自己那点家底，少一颗子弹都让他觉得心疼。他觉得这次也不用打，那些人嗅到一点风声必定会跑，论阵仗谁都知道土匪胡子肯定不是对手，但是人家拔腿随时能跑，聚在一起还好说，要是一散谁都没办法，到时候自己占个寨子交差，那边换个地方摇旗还是一处绺子。

杨庭寿不想打，也认为不用打，觉得打和不打结果也都大差不差，所以人马上了路也和以往一样拖拖拉拉。直到到了地方杨庭寿才知道，严洪林那边已经动用十营重兵把整个半荡山围成了水泄不通。他到这时才意识到，这次不是过场，自己再不想打也不行了，不好好表现一下恐怕都说不过去。

这严洪林也曾是一方胡子出身，早先是关外逃难过来的，落脚的时候还得过杨老爷子的帮衬。在杨庭寿看来，严洪林当初带的绺子根本不算入流，不过这人是出了名的精明，他当胡子的时候几乎很少碰硬，最爱干的是绑票。绑票这个事在土匪胡子的营生当中算是最讲手段的，据说他绑肉票从来没失过手，当年捞了不少钱。而严洪林除了精明之外最主要是运气好，后来结交上了贵人，如今手下兵强马壮，这次带着人马接手宁城明显又是占上了不少好处。此番剿匪就是严洪林点了杨庭寿的名。

严洪林见到杨庭寿招呼也没打直接就问他：你说这仗接下来该怎么打？

杨庭寿心想，我这才刚到，你已经把人家绺子围成了这样肯定比我知道底细，我还什么都不知道你却先问我。不过话他不能这么说，也不好在严洪林面前一问三不知。

杨庭寿说：你这本事我佩服，调动这么多人出其不意同时把山给围了，还能做到滴水不漏，有几个人能有这能耐？我是肯定不行，怎么打我全听你的，下面的人都听你安排。

杨庭寿这话也算发自肺腑，他知道严洪林不光是把山给围了，而且这时已经打了将近两天。他是力求一个不漏围得严严实实，所以强攻的人剩下的不多。杨庭寿估计是该让自己上阵了。

严洪林说：围起来是不容易，一处闪失就是前功尽弃。现在要打反而简单，不过灭哪家绺子也不是非打不可。现在这个时候你可以去和他们谈谈，耗下去只有死路一条，投降可以就地收编，到这时候他们应该想得清，只要接受收编不管以前有过多大案子都一概既往不咎。你和他们有场面上的交情，以后人就都放在你手下。你家老爷子对我严洪林有恩，我可一直惦记着。这轮剿匪，打仗的事根本不用你上，你就负责劝降收编，那些土匪连人带家伙你能收拢来多少就给你多大的官衔。

一轮声势浩大的清匪平叛过后，辽西有无数土匪胡子就此改变了命运。杨庭寿功勋卓著，新晋三营新军的统领，同时还带着原来手下大小十余路保险队，在军界官场可谓平步青云风头正盛。

不过这一场过后杨庭寿的心里留下了一个坎，就是铁星寨的那些人。当初铁星寨那些兄弟们明明都已经缴械投诚，没想到严洪林收了人家枪械之后忽然翻脸。

劝降是他杨庭寿出的面，既往不咎也是他亲自开的口，但翻脸不是他本意，连他自己都没料到，不过那些人已经都没了，想辩白也没个机会。于是这事就成了杨庭寿心里的一道坎，而这道坎很快又到了他面前。

杨庭寿听说江湖上有人放话誓要杀他，不但故意放出消息还公然贴出了索命的告示，而这人正是昔日铁星寨的匪首之一铁镖星。

铁镖星这名号杨庭寿听过，知道这是铁老拐的一个徒弟，因此立即意识到这次要有麻烦了。不过他对铁镖星了解不多，找人一打听才知道，铁镖星这人就算在那些土匪胡子当中也算得上恶名昭著，因为他动不动就要人性命，所以又有了个外号叫"鬼杀"，不过这鬼杀近来还大有几分侠名在外，至于他的大名叫什么从来没人知道。

鬼杀铁镖星虽然还谈不上杀人如麻，但确实一向杀人不眨眼，鸡毛蒜皮的事沾惹到他身上都可能是人命。杨庭寿原本就知道这次肯定是躲不过一番麻烦了，等他又听说不久前东洋人灭门的那桩案子正是鬼杀铁镖星所为时，顿时头皮一麻，看来自己这次是遇到了煞星，想躲恐怕是很难躲得过去了。

铁镖星性子放浪，他在铁星寨从来不守山，向来是独自下山闯荡，而他的任务也主要是在外立名头，但凡其他绿林黑道在铁星寨周边的地界上有什么不轨的行迹他都要出头，即便当时他没赶上，事后也要追着去秋后算账。

老三铁镖星刚下山那几年，硬碰硬的功夫根本没用上几次，当初从老金龙那学来的飞檐入室的本领反而用上不少。他觉得平事立威没多么复杂，杀人最见效也最简单，而杀人往往又根本不用去硬碰，暗中近身悄无声息地取人性命也是一样，事后再放出名号更让人瘆得慌。也正是因此他在江湖上得了一个"鬼杀"的绰号。

铁星寨的地盘原本就没什么人轻易来招惹，铁镖星下山之后更是让人避之不及。因此他就经常是没什么事干，到后来闲得连地头上出了小偷小摸这种事都不放过。

有一次铁镖星在丁家庄抓了一个入宅行窃的盗贼，看手段就知道这是个行家。铁镖星一番盘问想问出个来路，要是结伙的就去连窝端了。然而这人却硬气得很，到最后眼看要动了杀手的时候才开了口，说自己名叫陈良，来自宁城的三厢观。

铁镖星听到三厢观觉得有点耳熟，记起来是当初老金龙和他提过，当时还给了他一枚乌黑的铁指环，让他拿着这个去找三厢观的徒冠学道行。

铁镖星就问陈良知不知道徒冠，陈良说徒冠是他的师傅。铁镖星于是又亮出了那枚铁指环，哪知陈良一见忽然跪地行起了大礼。

陈良说这是他们偷帮的信物。他们偷帮堂口遍布各地，聚众立规等级森严，遇到上级必行大礼，而戴上这种戒指的人即便遇到掌门也不用行礼，抱拳曲指就代表跪拜了。其中紫铜戒是供奉戒，代表帮中功成身退的人，这铁戒是执事戒，外出办事戴着它所有偷帮的人都要听从调遣。他师傅徒冠当年曾得佩这种戒指，不过后来丢了，偷帮执事的人居然自己丢了东西，而且是重要的信物，师傅一直觉得这事很丢颜面。

铁镖星没想到这枚黑指环除了纹路好看还有这么大作用，居然能调动一个帮会的人办事。想来徒冠那戒指大概就是老金龙偷的吧，也不知这兄弟二人之间到底是什么纠葛。

陈良告诉铁镖星，师傅徒冠已经作古，后来是他的大师兄单青接手了三厢观，而自己来丁家庄这趟正是为救师兄单青的性命。

一年多以前单青听说奉天府丢了两颗东珠，有人怀疑是他的堂口越界干的，于是他就留了心。后来单青才知道这两颗东珠根本没有丢，是奉天府私下有人要作价五万两卖给他们宁城这边的一个东洋人。

一对珠子卖到五万两，那肯定是稀罕的宝物，先不说钱的事，东珠向来都是贡品，这东西旁落到洋人手里岂不是可惜了，于是单青就亲自带人把东西给偷了出来。

打算买这对珠子的东洋人名叫伊藤真吉，他爹曾在朝鲜做过大官，东珠在他们口中也被称为冰珠。不仅满人把东珠当宝，东洋人也极为看重这种东西，有人说他们一直惦记占了满人东北老家这块地，主要就是为了冰珠。哪承想如今终于踏进一只脚却发现冰珠居然没了，这种白山黑水间盛产了成百上千年的东西竟忽然神奇绝迹。

伊藤真吉的人寻遍千山万水，却连半颗冰珠的影子都没找到，于是只能花钱来收一些，伊藤要买的这对东珠是最后一批贡品当中的极品。

单青就是因这两颗珠子落了难。伊藤说只要交出珠子就能保命放他走，但单青根本不信东洋人，更不相信衙门的人，不交没准伊藤还能一直保着他，一旦交了就怕是翻脸不认人。

陈良想要救他那师兄，于是就想另找两颗东珠看能不能和伊藤把人换出来。他听说丁家庄丁子孝家祖上得过赏赐，家传没准还在，因此就想来试试。

铁镖星说：这事你别想了，丁子孝家没钱，有好东西根本留不住，这庄上谁家的家底我都知道。

铁镖星又说：我和你们三厢观有缘分，我还该去叫你师傅一声四叔呢。听说那些东洋人很厉害，现在他们越来越多还越来越嚣张了，我过去会会他们，看看到底是有多少能耐。

## 23 / 过往

GUOWANG

关押单青的地方没人知道,但东洋人在宁城的驿馆摆在明处。那地方不仅有东洋人,还有西洋人,整片区域戒备极其森严,每个路口都设有卫所、岗亭和枪堡,街上有巡卫暗哨,各家馆所还各有带枪的警卫,这阵势甚至一般军营都比不上。

铁镖星到这里一看就知道,如果单青关在这地方,这人他救不走,进这种地方让他杀个人没什么问题,救个大活人出去却办不到。而他估计,单青很有可能就在这里,那对东珠值五万两,对于单青来说不过就是一个口信的事,伊藤肯定不会放心把他交给外人看管。

铁镖星猜得没错,单青的确被关押在这里。铁镖星盯了伊藤六天,终于把范围锁定在驿馆和紧邻的一座四层洋楼上。虽然他知道救不出人,但还是一次次如同幽灵一般潜了进去。

他探清了驿馆内每个房间和每一个人,不过这里却不见单青的踪迹,最后是在旁边那座洋楼的顶层见到了单青。铁镖星和单青说我没法救你出去,你把藏珠子的地方告诉伊藤吧，你带他一起去，我到外面会会他们。

单青这时双腿尽废，自己已经不想活了。他这人有些心气，身子毁到了这个地步他是想好了宁愿一死也不想活着当残废，于是他就只把自己藏宝的地方告诉了铁镖星，那里不仅是有东珠，还有三厢观传承下来的积淀。

规划宁城的人大有眼界，他意在把洋人驿馆这一域打造成一片万国荟萃的经贸中心。这里有哥特风格的教堂，有罗马式样的邮局，有不列颠流行的排楼公寓，有东洋人青睐的酒肆和西洋人聚集的酒吧。这里还最早接入了电灯电话，每当宁城的夜幕降临，唯独这片区域灯火辉煌一片繁华。

然而笼罩这片区域的夜幕当中忽然充斥了满满的恐惧。每到夜晚这里就会有不同的人殒命，没有先兆也没有规律。最先是几个东洋人，而后又有英国人、俄国人、印度人，有的是在街上被瞬间扭断脖子，有的是在睡梦中被人入室割喉，虽然每天夜里警笛呼啸，但依然无法驱散死神带来的恐怖。

铁镖星以三厢观堂口和自己鬼杀的名义祭奠了两个花圈给单青，花圈出现在东洋驿馆的门口，并附留言：复仇索命以祭亡灵。

至此人们才知道，这股祸水原来是那些东洋人引来的，而这时东洋人的驿馆已经付之一炬。这天正是单青头七的日子，也正是铁星寨被围的日子。

老三铁镖星回到半荡山的时候，他们的山头已经被官兵团团围困。他如同蚯蚓一般钻着地上的枯草和针叶蠕行穿过了层层包围。

此时当家的二爷铁义星已经想通了接受杨庭寿那边的规劝。二爷心里原本已经有了去意，虽然绺子有规矩，不过他是当家的，他要退伙就等于散绺子，规矩也就无从谈起了。不过不巧山寨这时有了危难，他要走也不能在这种时候抛下众人一走了之，不能愧对心中那个"义"字。

铁义星是提前就得知了这次剿匪的消息，只不过这场围困突如其来，比他收到的消息要快了太多，人数也远超乎想象。虽然有些措手不及，但是对于带队突围铁义星还是有十足的把握。外面围了那么大的圈子，不可能每一处都时时严阵以待不出懈怠，而他们只要抓住一处机会就能冲出去，只是不知这些兄弟们到时候会折损多少，最终出去的能有几成。

铁义星从小习武，对于和人面对面的拳脚刀枪从来不输血性，但是面对这种火药阵仗却不由得起了踌躇。而这时杨庭寿的提议刚好打动了他，只要兄弟们脱险自己就能立即安心抽身。

见到老三在这个时候回来了，铁义星有些诧异地问他：你是怎么上来的？怎么上来的就赶紧再怎么出去，等寨子一安排好我就去找你。

铁义星和老三说了杨庭寿劝降招安和他自己的打算，兄弟俩以后都不当土匪了，就按老三以前说过的那么办，只是他自己不能在这个时候走，让老三先独自下山。

老三临走时铁义星又掏出两张银票和一对镯子交给他说：咱们兄弟总得留点家当，这银票是当初准备给大哥赎满夜香用的，没用上，抢回来了个白棋花。这镯子就是要送你白二姐的，放你身上保险。

老三亲手把这对镯子交到了白二姐手里，他和白棋花说：这镯子是我二哥要送你的，我二哥后来已经想好了，土匪不当了，他也打算好了到边门这边来，以后在这和你安个家。原本只要那边的事了了他就能过来，不过二哥到最后没走成，兄弟们都被人算计了。

白棋花已经知道二爷铁义星出了事，她以前能感受到二爷对她的好，但根本不确定他在自己身上的心思，听了老三的话她有点惊讶自己在铁二爷心里还能有如此分量，居然连绺子和规矩都不管了。

老三和白棋花说：二哥对你的情意我知道，他人没了，这情分我接着。二哥没能娶上你，我来娶。这对镯子也算我一份。

接着老三又说道：在娶你之前我必须先给二哥报了仇，这事不能乱了先后，否则我不能心安，二哥的仇不报我没法娶你。我现在已经发出消息一定杀了杨庭寿，他那已经有人在盯着了，等我彻底给二哥报了仇就回来。"

多年以后白棋花再次翻出那对镯子，她也是事后才意识到，当年自己收下这对镯子也就意味着同时接下了两个男人的情意，却浑然没想过佟爷那边作何感受。

对于一个女人来说，如果在最青春的年华里没有动人的过往，那将是一辈子都无法再弥补的缺憾。而如果在那段年华里有过让人心悸的经历，那又将化作一生难以释怀的追忆，最终都会被岁月蒙尘，当初是多心醉，经年过后就是多心碎。

这对镯子算是白棋花唯一的过往。过往的人一个彻底走了，一个再也没回来。在她的青葱行将落幕之际，身边的佟爷也走了，却在临走前给她送来个孩子。

这孩子的父亲林安生在白棋花看来是个一心全在生计的男人，为了赚钱糊口大概什么都能做。其实男人都是这个样子，在面对选择的时候，最终只会保全心中最看重的那份执念，其他都能一一丢弃割舍，甚至连命都可以先不要。至少她遇到的男人都是如此，只不过他们看重的各有不同。

白棋花在这个孩子的父亲身上和自己打了个赌，她赌这男人会顾钱财不要孩子，带上了她给的那些钱财一定不会再回来了，有了这些钱他至少可以半辈子衣食无忧，又怎么会在乎割舍个孩子。如果那人真回来了她就把自己输给他，如果他不回来那么这孩子以后就跟着自己姓白了。

## 24 寻找荣福
XUNZHAO RONG FU

在林安生的印象里自己好像还是第一次轻装赶路，以前要么挑着他那副挑子，要么抱着他的孩子，这么一身轻的时候还从来没有过。

而且这也是他身上第一次带着这么多钱，掌柜白二姐给的那五块银洋和珠子不说，单是那对镯子肯定就是大价钱。林安生对翡翠玉器略懂一些，但是过手的很少，他心里给那翡翠镯子估摸了个价，不由得又想回头再找个当铺问问，看看他自己估得到底准不准。

走到阔台山一带的时候林安生搭上了一伙赶路的戏班子，人多了互相是个照应，而且江湖上有响马不劫戏班子的说法，说是有晦气，因此跟着戏班赶路的人还不少。

在路上有人搭话问林安生要去哪，他就说去宁城三厢观，没想到那人躲开了再没理他。后面林安生又几番侧面打听才明白，那三厢观居然是贼人的堂口。三厢观在宁城有些名气，但根本没人知道在哪，做贼的怎么可能把贼窝露在明面上。

林安生没想到白二姐让他去的地方居然是个贼窝，他当时没敢向白掌柜多打听，还以为这就是宁城里的一个道观，到城里和人打听一下总能找到。现在听说那是个贼窝他心里不免开始打鼓，不过人还是一路走到了宁城。

到了宁城林安生又是一片茫然，他不知道从何打听一个贼窝，就算随便找个人问都不知道怎么开口。两天时间林安生根本不知道干什么，他就在城里四处徜徉，有人多的地方他都凑过去看看，自己也不知道是想要看出个什么。不过每遇到逃荒模样的人他都仔细打量，他还惦记着自己那走散的媳妇，也不知道她现在到底在哪，人还在不在。

这天下午林安生刚好看到一家当铺，于是就走了进去想看看白二姐交给他的那对翡翠镯子到底值多少。当铺柜上的先生摩摩挲挲看了半天告诉他：两千块。

听了这价格林安生顿时一惊，下巴差点掉了下来。他知道这东西肯定值些钱，但怎么也没想到这么值钱，这比他自己估摸的要高出来十倍不止。林安生又把那两颗珠子也拿出来顺便问问价，这珠子个头不大，林安生不懂也没太当回事，现在既然来了就一并问问。

柜上这先生端瞧了一会又放下说，这位爷您稍等，我去叫掌柜的出来看看。掌柜的来了又仔仔细细看过一番说：这位爷，您这东西我不好作价，我这小店也收不了，您收好。

这个时候林安生还始终停留在对于那两千块的震撼当中，恍恍惚惚地出了当铺。来到街上他始终神不守舍，脑子里他似乎走进了家，看到了他爹，也几次飘过他娘的影子。

就在这时林安生骤然一惊，转瞬意识到他的包袱被人偷了，与其说是偷不如说抢，有人擦着他的肩头顺势撸下包裹拔腿就跑。林安生从恍惚中猛然清醒，随即转身就追，接连撞翻了两个路人他也完全顾不上了。

那贼人跑得飞快，但林安生是常年挑担子的人，根本不差脚力，跑出五里之后那贼人明显开始慢了下来，但林安生可还一点没事。其实林安生早就能追上那人，不过每次眼看着已经赶上了他又不敢搭手，只好这样一路紧随在后面，贼人慢下来他也慢下来，贼人快赶几步他也快赶几步。

又跑了两三里路下来，前面的贼人也发现了，后面这人根本不是追不上自己，就是在放自己风筝。

这贼人对自己的脚力相当自信，所以才敢当街撞人抢走包袱，没想到今天这人跟在后面跑得不紧不慢，好像人家还很轻松，他知道这是遇到了硬茬，想跑是跑不过了。

这时跑到了僻静处，贼人也已经气力不济，他忽然收了脚，转身抽出了一把匕首，林安生也停下来站在他五步之外，两人都喘着粗气，谁也不说话。

要是换作以前，林安生遇到这情形恐怕早就跑了，更不要说盯着人家这么追。这时大概是因为包袱里有那两千块，林安生虽然也有怯，但是没有退，他不敢上前也不知道开口，就那么站着。

两人对视了一会还是贼人先开口说：敢问你是哪条道上的？

林安生也不知道怎么答，两人就又是僵持着。不过林安生脑子里忽然灵光一现，自己这两天想找贼窝根本不知道怎么和人打听，如今眼前的这不就正是个地地道道的贼嘛。于是林安生开口说：我想找三厢观。

贼人没有作声，但对林安生开始仔仔细细打量起来，忽然开口问道：你是认识荣福荣三爷吗？

这贼人名叫陈良，带两个手下专门在钱庄当铺盯人。林安生进当铺的时候就被他的一个手下盯上了，他那手下见林安生一身衣衫不错，但打理并不周整，显然是赶过路的，因此猜他可能是城外哪个村里大户出来的少爷，偷了家里的物件进城换钱。这种人经常有，进城花天酒地挥霍几天回去认挨一顿责罚，身上的钱财一般不会少，因此赶紧通知了陈良。

陈良从当铺跟上林安生，他担心这人一会儿进了窑子赌坊那种地方就不好下手了，因此选择了当街撞包袱，没想到这人身子硬得很，直接撞飞了替自己挡道的两个兄弟，一路紧咬着追到了这里。

听这人说要找三厢观的时候陈良并没太当真，这城里城外很多人都知道三厢观是他们这行的一个堂口。不过当他看到这人手里攥着的两个铁疙瘩的时候，就觉得这人可能还真和他们三厢观沾边了。

林安生见对方贼人拿出匕首时，他也掏了两颗张冠九给他的铁蛋子攥在手里防身，至少胜过手里什么都没有。这东西他虽然练得不精，但近到三步之内就算没练过他也能打准。铁蛋子有分量，沾到身上就像锤子砸了一样肯定不好受，要是砸到脑袋上保管头破血流，他随身留了两颗也是想提防个万一。

陈良见过这种铁蛋子，那是他们三爷荣福的一门绝学，他手里以前就经常攥着几颗这东西搓得铮亮。再看这人摆的架势也是有模有样，因此他判断这人必定和三爷有着渊源。

林安生听了陈良的话连忙说：我是要找荣福荣三爷，我送两件东西给他。

三厢观的堂口没有定处，不能随便让什么人都知道。荣福这时外面仇家遍地，自己身子又垮了，这几年一般人想见他更是不易。

荣福原本就精瘦，现在更是瘦骨嶙峋。林安生见到他的时候他已是一副病入膏肓的样子，人正抽着烟。他见到林安生开口就问：你会我们碎骨流星的功夫？

林安生摇了摇头，又点了点头说：只学过不长。

荣福又问他：你师傅是谁？

林安生说：张冠九。没正式收我当徒弟。

荣福点点头说：张冠九，听说过，和我师傅是师兄弟，比我师傅功夫好，那咱们也算同辈师兄弟了。你来找我是什么事？

林安生直接拿出包里那两样东西递给荣福说：尚阳镇头台村白掌柜交代，把这东西交给你。

荣福听后一脸诧异，他怎么也没料到居然是远在边门的白二姐，白二姐居然托人找他，而且就是送过来这些东西。他又看向林安生，林安生什么话也没有。荣福只好问他：白二姐还有什么话吗？

林安生说：没有，就交代我把这东西交给你。

荣福愣愣地看了一会儿那对镯子，长叹了一口气说：二哥当初没能过去，我也过不去了。

老三荣福当初曾对白棋花说过，给二哥报了仇就回去边门娶她，这话到现在已经快有十年了。

实际上那杨庭寿没多久就死在了荣福的手上，荣福当时还绑了他的老爹和一个女儿。杨庭寿最后说要告诉荣福一个秘密，想让他放自己家人一马。

杨庭寿说：我告诉你一个秘密，否则你就算杀了我全家也根本不算报了仇，你们铁星寨的真凶不是我，你放我家人我告诉你真凶是谁，不然你永远报不了这个仇。

杨庭寿告诉荣福：整个事的真凶是那严洪林和他的主子江枢荣。他们亏空宁城府库，还卷走大量官军枪械养私家队伍，趁着一次抢窑姐的事把这些勾当全都扣在了土匪头上。后面大举剿匪实际也是他们想拉人扩张。铁星寨缴械时个个手里拿的都是他们私吞的枪，当时严洪林就知道了十八里铺刘家大院是你们劫的，刘家那边是他最见不得光的底细。所以别的绺子都收了，唯独你们不行。

荣福原本以为杀了杨庭寿就大仇得报，没想到忽然又出了个真凶严洪林，既然他知道了，以他的心气二哥的这个仇肯定是不能不报，白二姐的事就还是要放到后面。

然而严洪林不是当初的杨庭寿，更不要说他背后的江枢荣。严洪林原本是胡子出身最爱绑票，后来从军又大肆剿匪，黑白两道的仇家太多，因此他深居简出，贴身时刻带着不少好手戒备提防，外围警卫队配的全套都是德国装备。

荣福和他周旋过一番就知道，在这个人身上报仇很难办到，后面他自己又受了枪伤，这个事就更办不到了。办不到的事老三荣福以前从不强求，但这次二哥的仇始终压在他心头，顺带着先压垮了他的心气。他心气一没功夫也不练了，烟枪也不离手了，终于身子也垮了。

荣福愣愣地看了一会儿二哥那对镯子。心里想如果二哥那次没死，他现在会不会在边门。如果杨庭寿临终没和自己说过那么个秘密，自己现在又会不会在边门。

荣福没有多问任何有关白二姐的事，他只和林安生说，东西你还是拿走吧，都是值钱的物件，我就不缺这些东西。

## 25 / 路过

LUGUO

　　林远图很小的时候时常会被人问到一个问题：要是家里只有一个馒头了，你要给谁吃啊？

　　这时只要林远图回答，给娘吃，就会受到人家一番夸赞。

　　实际上林远图他们家殷实富足，根本不会到了只剩一个馒头的地步。不过这样的对答让林远图从没记事起就懂得了为人一定要孝敬娘亲的道理。

　　林远图的娘白棋花每到这时又常常会说：孝不孝敬要等到我老了那天再说，我养你也不图个别的，就看到老那天你还有没有这个孝心。

　　然而美女白棋花并没有老的那天，她在自己风韵犹存的时候就走到了路的尽头。

　　在她生命中最后的那段时间里，林安生尽心尽力把中风瘫痪的白棋花打理得一如从前一样整洁体面，每天白天都把她放在酒铺临窗的那个桌子旁。

到后来白棋花的脑子也开始出了问题，她逐渐开始认错身边的人，开始不记得从前的事。

在林安生的印象里，白棋花以前从不唱曲，但最后那段时间她看到窗外有人路过经常就会对人唱出几句：圆起圆落，拈指离合。没人知道这后面的词是什么，后面的词白棋花已经不记得了，只能哼出曲子。

林安生得了孙子的时候，又不由得想起了他爹，当年他离家时他爹的年纪和他自己现在正相仿，体格还依然健朗。林安生这时体格也依然健朗，就是记性好像有点不好。他担心自己以后会不会也像白棋花那样把什么事都忘了，所以他后来早早就想到要做一个家谱。

家谱的第一列，林安生本打算列上他的爷爷，但是忽然发现自己根本不知道爷爷叫什么。于是他就想把他爹娘放在第一列，但又发现自己亲娘的名字他也不知道，连姓氏和生辰都不知道。林安生决定索性连他爹也不列了，毕竟自己算是来到关东这边的第一辈。

到了他自己身上，林安生想到的很多，但最终却只落下寥寥几行。后来林远图找人做家谱的时候照搬了他爹留下的那几行字样，他们的家谱上记着：

林安生，丁亥年生

娶妻秦杏，庚戌年

生子林远图，辛亥年

娶妻白棋花，癸丑年

林家的这份家谱一共传了四代，林远图和他的儿孙们都效仿着续上了自己和妻儿的名字：

林远图，辛亥年生

娶妻于凤瑛，己巳年

生子林代正，庚午年

林代正，庚午年生

娶妻高梓末，己丑

生子林传志，庚寅

到了林传志的手里他只写了自己和儿子：

林传志，1950 年生

养子林波，1978 年

生子林浩，1986 年